本を守ろうとする猫の話

守護書的貓

Natsukawa Sosuke
夏川草介
高詹燦——譯

CONTENTS

序章

故事的開端

首先要知道一件事，祖父已不在人世。

這點毋庸置疑。

就像早晨到來，朝陽便會昇起，中午一到，便會飢腸轆轆一樣，是很嚴肅的事實。面對這嚴肅的事實，夏木林太郎就只能呆立原地，沉默以對。

看在旁人眼中，他應該很像是個沉著冷靜的少年。前來喪禮上香的人士當中，肯定有人會覺得他有點可怕。因爲就一位突然失去家人的高中生來說，林太郎的態度顯得過於平靜。而他一直呆立在喪禮現場的角落仰望祖父遺照的身影，甚至飄散出一種不可思議的氣氛。

話說回來，林太郎並不是多麼冷靜沉著的少年。就他來說，這單純只是他無法將沉默寡言、個性頑固、身體強健的祖父，與「死」這個陌生的概念連結在一起。

祖父所過的生活，就像精密組合在一起的齒輪，儘管單調，卻準確無比地刻畫著時間，就算是死神也無法輕易介入他的生活中。林太郎一直都很自然地這麼認爲，如今祖父突然倒下，停止了呼吸，他感覺就像是在看一齣荒腔走板的話劇或是演出。

而實際上，躺在白色棺木裡的祖父，與平常的模樣沒什麼不同，彷彿隨時都可能像什麼事都沒發生過似的，喃喃低語一聲「那接下來……」就此坐起身，以煤油爐燒開水，以熟練的動作泡紅茶。連祖父這樣的身影，他都能清楚憶起，沒任何突兀感。儘管就此憶起，但事實並非如此。

不管他等再久，祖父始終沒睜眼，當然也沒拿起他慣用的茶杯。就只是靜靜躺在棺木中，神情肅穆。

喪禮現場持續平淡地傳來引人入睡的誦經聲，弔唁的客人來來往往，不時會跟林太郎說幾句話。

首先要知道一件事，祖父已不在人世。

這件事實慢慢在林太郎心裡扎根。

「晚安，爺爺。」

好不容易才從他口中傳出這聲低語，但沒人應答。

夏木林太郎，普通的一介高中生。

個子略矮，戴著有點厚的眼鏡，膚色白淨，少言寡語，運動神經欠佳，沒特別擅長的科目，也沒喜歡的運動，很平凡無奇的高中生。

自幼父母離異，母親年紀輕輕就撒手人寰，所以他小學時便由祖父收留，一同生活至今。這樣的境遇對一介高中生而言，有點特殊，但對當事人而言，這只是他平凡無奇日常生活裡的一幕光景。

但祖父過世後，情況變得複雜起來。

再怎麼說，祖父都死得太過突然。

在某個比往年都來得冷冽的寒冬清晨，向來都很早起的祖父沒出現在廚房裡，林太郎覺得納悶，往昏暗的和室裡窺探後，發現祖父已在被窩裡斷氣。祖父不顯絲毫痛苦之色，就像雕像一樣，宛如睡著。隨後趕到的醫生看了祖父的模樣後，說他可能是突然心肌梗塞，還沒來得及感到疼痛便已辭世。

「他往生了。」

由「往」加「生」所組成的「往生」這兩個字，還真是很奇妙的詞彙呢，林太郎會有這種奇怪的感慨，足見他內心有多麼慌亂。

事實上，醫生似乎已準確看出林太郎目前的艱難處境，過沒多久，馬上有自稱是他姑姑的親戚從遠方趕來。

這位看起來很和善的婦人，從死亡診斷書的辦理手續，乃至於喪禮及其他儀式，都迅速且俐落地替他辦理妥當。

就只是靜靜看著這一切的林太郎，雖然一直都沒有眞實感，但他也曾經想過，自己是否應該稍微表現出悲傷的神情。然而，自己面對遺照潸然落淚的模樣，怎麼想都覺得很不自然。不但滑稽，也顯得很虛假。躺在棺木裡的祖父，一定也會皺起眉頭朝他訓斥一句「別再哭了」，這並不難想像。

因此，林太郎一直都是以平靜的態度送祖父最後一程。

送祖父出殯後，留在他眼前的，是一臉擔憂之色的姑姑，以及這家店。

雖然還不至於負債，但要稱之爲遺產，似乎又沒那個價值。

這家「夏木書店」，是位於市街一隅的一間小小舊書店。

「夏木，這裡果然有許多好書。」

林太郎耳畔響起一個男人的聲音。

林太郎頭也不回，就只是望著眼前的大書架，簡短應了一聲「是嗎」。

他眼前是一座從地面一路延伸至天花板，分量感十足的書架，裡頭擺滿了書。莎士比亞、華茲華斯、大仲馬、斯湯達爾、福克納、海明威、高汀……這些不勝枚舉的傲人世界傑作，散發出凜然的威儀和威嚴，俯視著林太郎。它們全都是歷史悠久的舊書，但之所以不顯一絲破舊，全都是拜祖父每天辛勤維護之賜。

腳下那個使用多年的煤油爐，燒著熾紅的爐火，儘管氣勢十足，卻發揮不了多大的功用，店內依舊寒氣刺骨。不過林太郎自己也明白，之所以覺得異常寒冷，並不全然是因爲氣溫低的緣故。

「那我就先拿這兩本書。一共多少錢？」

在這聲詢問下，林太郎微微轉頭，瞇起眼睛悄聲應道「三千兩百日圓」。

「你還是老樣子沒變，記性眞好。」

這位面露苦笑的男子，和他念同一所高中，是大他一屆的學長，秋葉良太。

他身材修長，眉清目秀，平靜中充滿自信，總顯得游刃有餘，但不會讓人覺得不舒服。事實上，他在籃球社所鍛鍊出的結實雙肩之上，頂著一顆全學年數一數二的聰明腦袋。這位學長堪稱是文武全才、才貌兼具的模範，而且父親又是街上的開業醫師，學習過多項才藝。與林太郎正好形成強烈對比。

「哦，眞是買到賺到呢。」

秋葉如此說道，朝結帳桌上疊了五、六本書。這位在運動和學業上都表現傑出的學長，沒想到也是位愛書人士，是夏木書店爲數不多的常客。

「這裡果然是一家好書店。」

「謝謝。裡頭的書隨你挑。因爲現在是結束營業大拍賣。」

林太郎毫無起伏的口吻，讓人很難聽出他是說眞的，還是在開玩笑。

一瞬間爲之沉默的秋葉，以低調的口吻說道：

「你爺爺的事，辛苦你了。」

秋葉將目光移回書架，像眞的在挑書似的，以若無其事的模樣繼續說道：

「前不久，他還一臉嚴肅地坐在那裡看書呢，實在是太突然了。」

「我也有同感。」雖然嘴巴上說有同感，卻沒點頭，語氣也一點都不柔和，十足的客套話口吻。秋葉不以爲意，望向這位抬頭仰望書架的學弟。

「不過，你爺爺過世後，你馬上擅自決定不太上學，這點教人無法苟同。大家都很擔心你呢。」

「你說的大家是誰？我可想不出有哪位朋友會替我擔心。」

「原來你幾乎都沒朋友啊。這麼灑脫眞好。」

秋葉很乾脆地給予肯定。

「不過，你爺爺一定很擔心吧。該不會因爲太過擔心而無法前往西方極樂，至今仍在這一帶遊蕩吧？你不該讓老人家這麼操心。」

雖然這番話有點冒犯，不過秋葉的話語中帶有一絲溫柔的關切。

可能是因爲夏木書店結下的緣，這位優秀的學長對自閉的學弟總是出奇地關心。在校園裡也常開朗地和林太郎打招呼，尤其是在這種尷尬時期，他還刻意到書店裡久待，從這點就能明顯看出，這是秋葉個人的關心方式。

秋葉朝緊抿雙唇的林太郎凝視了半晌後，接著說道：

「你最後還是要搬走嗎？」

林太郎仰望著書架，點頭應了一聲「應該是吧」。

「預定是由我姑姑收留我。」

「你會搬去哪兒？」

「不知道。別說搬去哪兒了，就連我姑姑，也是最近才第一次見面。」

林太郎的口吻平淡，正因爲太過平淡，很難看出他此刻是何心境。

秋葉微微聳了聳肩，視線落向手中的書。

「所以才會有結束營業大拍賣是吧？」

「沒錯。」

「收藏這麼多好書的書店，再也找不到第二家了。現今這個時代，普魯斯特全集精裝本整套完備的店家已經不多了。就連我原本一直在找尋的《母與子[1]》，也是在這裡找到的。」

「爺爺聽了一定很高興。」

「如果他還活著，還能讓他更開心一點。而我也一直認爲，如果和你當好朋友，就可以輕鬆取得不少好書，所以一直很珍惜這裡。幹嘛突然搬家啊？」

秋葉毫無顧忌的這番話，與他剛才的關切截然不同，但林太郎當然不可能做出機伶的回應。他就只是靜靜凝視著書店的牆壁。

眼前是厚重書籍堆疊成的高山。

雖說是舊書店，但裡頭豐富的藏書，完全無視於流行與否，一些市場上已經絕版的書也不少，在現今這個時代，竟然還有辦法以這種走向經營下去，著實令人讚嘆。秋葉對這家店的評價，就算將他關心林太郎的這部分剔除，仍算是相當中肯。

1 《L'âme enchantée》，羅曼．羅蘭著。

「預計什麼時候搬家？」

「大概是一個星期後。」

「大概？你還是一樣這種漫不在乎的態度。」

「多想也沒用，因爲我沒有選擇權。」

「或許是吧。」

秋葉微微聳了聳肩，望向貼在收銀機旁的一份小月曆。

「說到下星期，正好是耶誕節那時候。眞是辛苦你了。」

「我並不在乎。我和你不同，我沒有什麼預定計畫。」

「竟然這樣說我。向來都非得安排各種預定計畫不可的我，也是很辛苦的。偶爾也會想自己一個人，悠哉地等候聖誕老人到來。」

哈哈哈——秋葉自己在一旁笑了起來，對此，林太郎就只是以無比平靜的態度回了一句「是嗎」。秋葉露出拿他沒轍的神情，嘆了口氣。

「就你來看，或許會認爲現在已無勉強自己上學的理由，不過既然要走，就得走得漂亮一點。班上總還是會有人替你擔心吧。」

秋葉的目光瞄向結帳桌，上頭擺了幾張影印紙和筆記，亦即所謂缺席時的「聯絡簿」。

這不是秋葉替他送來，而是擔任班長的女學生剛才送來的。

這位女同學姓柚木，家住附近，和林太郎小學就認識。不過她個性灑脫，不輸男生，和寡言又自閉的林太郎算不上熟識。

這位少女送筆記來的時候，看到林太郎在店裡茫然望著書架，她毫不客氣地嘆了口氣。

「瞧你一派輕鬆的模樣窩在家裡，你沒事吧？」

你沒事吧？對於聽聞這句話後，偏著頭一臉納悶的林太郎，班長翻了個白眼，朝一旁的秋葉說道：

「請學長也不要跟著一起蹺課，要好好上學。」

即使面對長輩也一樣毫不畏懼，說完這句話後，她就此離去。

那冷淡的態度，比那些不懷好意的關心以及充滿同情的眼神要自然多了，確實很像柚木平時的作風，令人莫名感到佩服。

「那位班長還是一樣氣勢十足呢。」

「她責任感很強。其實她大可不必特地親自送聯絡簿給我……」

可能是因為家住得近，所以才直接登門拜訪，不過在這種呼氣會化為白煙的寒冷季節，被迫順道走這麼一趟，應該是給她添了不少麻煩，林太郎對她深感同情。

「這樣一共六千日圓。」

林太郎站起身告知金額後，秋葉挑起單邊眉毛。

「明明說是結束營業大拍賣，卻又沒那麼便宜。」

「這是一折價。沒辦法再更便宜了，因為每一本都是名著。」

「眞像你的作風。」

笑著從錢包裡掏出紙鈔的秋葉，拿起之前拋在桌上的圍巾和手套，將書包掛在肩上，補上一句。

「明天到學校來吧。」

秋葉投以和平時沒什麼兩樣的開朗笑容，走出店外。

店內突然靜了下來，猛一回神才發現，格子門外染成一片赤紅，已是日暮時分。擺在店內角落的煤油爐，煤油即將耗盡，微微發出「嗞嗞」的抗議聲。

是該上二樓準備晚餐的時間了。當初和祖父兩人同住時，準備晚餐向來都是林太郎的工作，所以這不算是額外增加的工作。

但林太郎卻朝門口凝望良久，遲遲沒動身。

夕陽逐漸傾沉，煤油爐中的煤油耗盡，店內開始盈滿寒氣，但林太郎仍舊一動也不動。

第一章

第一座迷宮「封閉者」

夏木書店就像隱沒在老舊的街道上一般，是不起眼的一家小店。

它的外型有點獨特。

有一條細長的通道從入口處筆直地往內延伸，頂天立地的厚重書架塡滿兩側的牆壁，宛如分列兩旁俯視通道一般。頭頂零散地垂掛著造型像復古油燈的電燈，在擦拭晶亮的地板反射下，屋內充盈著柔和的亮光。

除了屋內中央擺設了一張結帳用的小書桌外，再無任何裝飾，屋內最深的盡頭處是一塊簡陋的壁板。雖是盡頭，但是從明亮的門口走進店內，看起來屋內的縱深遠比實際來得長，一時會給人一種書籍的迴廊往幽暗深處無限延伸的錯覺。

而在這家店的正中央，祖父靜靜坐在一小盞燈底下打開書本閱讀的身影，就像熟練的西洋畫家用心描繪而成的一幅淡雅肖像畫，伴隨著獨特的陰影，深深烙印在林太郎腦中。

「書本具有力量。」

這是祖父的口頭禪。

平時少言寡語，連對孫子也不太說話的祖父，只有在談到書本的時候，會瞇起他原本就很窄細的雙眼，道出充滿熱情的話語。

「跨越時代留傳至今的古書，擁有強大的力量。只要閱讀過許多具有力量的故事，你就能得到許多可靠的朋友。」

林太郎重新望向填滿店內牆壁的書架。

裡頭既沒有流行的暢銷書，也沒有人氣漫畫或雜誌。在現今這書籍原本就不好賣的時代，這樣實在很難生存，店裡的常客不止一次這樣替他們擔心，但身爲老闆的這位矮個子老先生，就只是微微點頭感謝他們的好意，對於擺滿門口的尼采全集以及老舊的艾略特詩集，依舊沒有要搬動的意思。

這處祖父一手創建的空間，對這位自閉的孫子來說，是很珍貴的休息場所，在學校向來都找不到容身之所的林太郎，一直都在這裡從頭細看每一本書，沉浸在閱讀的世界裡。

這可說是林太郎的避風港，他的收容所。林太郎連離開夏木書店幾天都辦不到。

「爺爺，你實在太過分了。」

正當他悄聲低語時，突然傳來一聲清脆的「叮鈴」聲。林太郎就此回過神來。

原來是掛在大門口的門鈴響了。

這同時也是有客人到來的信號，但已掛上「休息中」的夏木書店，應該沒有顧客會上門才對。再說了，現在戶外已完全天黑，夜幕低垂。秋葉學長應該是剛走出店門沒多久，但似乎不知不覺間又過了不少時間。

他懷疑是自己神經過敏，正要將視線移回書架時——

「好個死氣沉沉的書店啊。」

聽到這個聲音，林太郎大吃一驚。

可是他轉頭望向門口，沒看到半個人影。

「如此死氣沉沉，連難得的珍貴藏書也會顯得遜色許多。」

聲音反而是從店裡深處傳來。林太郎急忙轉頭，這時他看到的不是人，而是一隻虎斑貓。

是一隻黃色和褐色的花紋交雜，體格頗爲健壯的貓。牠的花色應該是俗稱的茶色虎斑貓，從臉的上半部到後背都是茶色虎斑，但腹部和腳則覆滿潔淨的白毛，算是一隻體格頗大的貓。在牠背後的昏暗光線下，只有一對眼睛閃耀著深色的翡翠色光輝，筆直地望著林太郎。

貓兒柔軟的尾巴擺動著，林太郎暗自低語道：

「是貓？」

「是貓不行嗎？」貓應道。

「是貓不行嗎？」這句話，確實出自那隻貓之口。

爲之一愣的林太郎，極力發揮他與生俱來的冷靜，他先閉上眼睛，暗自默數三秒後才又睜眼。

三種鮮明的毛色，毛茸茸的尾巴，閃耀著犀利光芒的眼睛，呈等腰三角形的一對耳朵。是隻如假包換的貓。

虎斑貓的長鬚微微晃動了一下。

「小鬼，你眼睛不好是嗎？」

不容分說的口吻。

「我……」林太郎變得結結巴巴。

「我視力是不太好，但我知道眼前有一隻會說人話的貓。」

「很好。」

虎斑貓一派悠閒地點了點頭，繼續往下說：

「我是隻虎斑貓，名叫阿虎。」

這隻貓突然自我介紹起來，委實怪異之至。儘管如此，林太郎還是加以回應。

「我叫夏木林太郎。」

「我知道，夏木書店的第二代當家。」

「第二代當家？」

這陌生的字眼，令林太郎為之蹙眉。

「不好意思，我只是個自閉的宅男。如果是關於書的事，我爺爺比較清楚，可是他已經不在了。」

「這不是問題。我要找的是第二代當家。」

虎斑貓以近乎高傲的口吻說道，微微瞇起牠那翡翠色的眼睛，緊盯著林太郎瞧。

「我想借助你的力量。」

從牠口中說出這句很唐突的話。

「力量？」

「沒錯，你的力量。」

「你說的力量，指的是……？」

「有許多書被封閉在某個地方。」

「書？」

「你又不是鸚鵡，不要跟傻瓜似地一再重複我說的話。」

這句話劈頭飛來，猶如賞了他一記耳光。

那隻貓不理會愣在原地的林太郎，以堅定的口吻接著往下說：

「必須解救那些被封閉的書。助我一臂之力吧。」

那對翡翠色的眼瞳，看起來熠熠生輝。

林太郎沉默了半晌，回望那隻虎斑貓，接著緩緩抬起右手，托向他的眼鏡鏡框。

這是他思索時的招牌動作。

是我太累了嗎……

林太郎合上眼，手托著眼鏡鏡框，默默思考。

一定是因爲祖父過世，再加上不習慣的喪禮儀式，讓他累積太多疲勞，而不知不覺睡著，做了這樣的夢。

他想出這樣的理由，試著緩緩睜開眼睛，但那隻虎斑貓依舊一派悠閒地坐在他面前。

這可眞教人傷腦筋啊……

對了，這幾天總是無意識地望著書架，沉溺在自己喜愛的閱讀中。那本看到一半的《憨第德[2]》擱哪兒去了？這些無關緊要的念頭從他腦中掠過。

「你聽到我的話了嗎？第二代當家。」

再度傳來虎斑貓尖銳的聲音，將林太郎從思考的泥沼中拉了出來。

「我再說一遍。爲了救出那些書，我想借助你的力量。」

「雖然你說想借助，可是……」

林太郎極力思索該怎麼回答才好。

「很抱歉，我不認爲自己幫得上忙。剛才我也說過了，我只是一個自閉的高中生。」

林太郎坐在椅子上，一本正經地回答。那隻虎斑貓就是具有這樣的氣勢，足以令他一本正經地回應。

「這不是問題。我很清楚你是位個性陰沉、自閉，沒什麼長處的小鬼。就是因

2 《Candide, ou l'Optimisme》，伏爾泰著。

為知道，所以才來拜託你。」

這隻貓說起話來語氣平淡，但句句損人。

「既然你這麼清楚，那就沒必要專程來找我幫忙。比我可靠的人俯拾皆是。」

「這是當然。」

「而且我爺爺剛過世，我什麼事都提不起勁。」

「這點我也知道。」

「既然這樣……」

「你不是喜歡書嗎？」

虎斑貓粗獷的嗓音，緩緩打斷林太郎的隨口回應。雖然語調緩慢，卻帶有不容分說的氣勢。儘管這句話說得語意不明，但它所具有的氣勢和威儀，趕跑了一切道理。

那翡翠色的雙眼筆直地凝視林太郎。

「我當然……喜歡啊。」

「那你有什麼好猶豫的。」

虎斑貓展現的態度，在各方面都比林太郎更加威風凜凜。

林太郎再次伸手托向眼鏡鏡框。

他努力以自己的方式去思考眼前發生的情況，但始終想不出合理的解答。眼前的情況，眞的很難理解。

「重要的事，往往很難理解喔，第二代當家。」

貓就像看穿林太郎的心思般，開口說道。

「大部分人都沒注意到這種理所當然的事，繼續過著平常的生活。『一個人只有用心去看，才能看見一切。因爲眞正重要的東西，只用眼睛是看不見的。』」

「眞令人吃驚……」

林太郎微微舒顏展眉。

「眞沒想到會聽到貓引用《小王子》裡的句子。」

「聖修伯里不合你的口味嗎？」

「他是我很喜歡的作家之一。」

林太郎一面回答，一面悄悄伸手摸向身旁的書架。

「不過，我認爲《夜間飛行》是他最好的作品。《南方郵航》也很難割捨。」

「很好。」

虎斑貓嘴角輕揚。那悠然自得的態度令林太郎有種熟悉的感覺，可能是因爲牠的氣質和祖父很相似吧。但如果是他祖父，絕不會這麼多話。

「你肯助我一臂之力嗎？」

面對這再次拋來的提問，林太郎微微側頭尋思。

「我可以拒絕嗎？」

「可以。」

貓的回答相當迅速。

不過——牠以不悅的聲音接著道：

「我會深感失望。」

林太郎面露苦笑。

牠突然出現，叫人助牠一臂之力，但如果拒絕，牠會很失望。儘管每一件事都很不合常理，卻又不會感到不舒服，可能是因爲這隻貓的言行毫無矯飾吧。

也許眞的是因爲牠和祖父有幾分相似的緣故……

林太郎回望那隻貓，開口問道：

「我該怎麼做？」

「只要跟我來就行了。」

「去哪兒？」

「來就對了。」

貓俐落地轉身。

牠無聲地移步向前，但並非走向夜幕低垂的門口，而是光線昏暗的店內深處。

牠背對著林太郎，踩著穩健的步伐一路往前。林太郎困惑地跟在後頭，走沒幾步便因爲一種奇妙的感覺而頭暈目眩。

夏木書店是縱深頗長的一家店。但就算縱深再長，也終究只是街上小小的一家舊書店，只要往裡頭走，很快就會看到深處的壁板，來到路的盡頭。

原本理應已來到路的盡頭，但這天卻沒有盡頭，一直往深處延伸。

在兩側厚重的書架包夾下，木板地的通路不斷往深處延伸。天花板上復古造型的電燈，也一路連往前方，看不到盡頭。書架上擺的書，從來到半途開始，明顯一看就知道是從未見過的書。並不全然是一般裝訂的現代書。從年代久遠的日式裝訂書，到牛皮金線裝訂的精美古籍，一應俱全，形成絢爛奪目的書籍迴廊。

「這又是……」

從看傻眼的林太郎口中，逸洩出沒什麼含意的話語。

「害怕了嗎，第二代當家？」貓轉動頭部，身子不動。

「要逃的話，就只能趁現在。」

「我只是覺得吃驚，不知什麼時候店裡的書增加了這麼多。」

林太郎注視著遙遠的前方，如此低語，接著視線移向腳下那隻貓，聳了聳肩。

「這裡有這麼多書，我又能開開心心在這裡窩上好一陣子了。得拜託姑姑將搬家時間延期才行。」

「雖然你的幽默感差了點，但心態倒是很健全。這世上道理說不通，或是不合理的事，不勝枚舉。要在這種充滿痛苦的世界活下去，最好的武器不是道理也不是蠻力，而是幽默。」

宛如古哲學家般，以威儀十足的口吻曉以大義的虎斑貓，旋即又靜靜邁步走向這書籍迴廊。

「我們走吧，第二代當家。」

在牠強勁有力的聲音引導下，林太郎也緩緩邁步前行。

兩側的書架上擺滿了從沒見過的厚重書籍，沒有盡頭。這一人一貓，靜悄無聲地走在這條籠罩在銀光下的奇妙通道。

不久，四周慢慢盈滿耀眼的光芒。

明亮的陽光，以及隨風搖曳的合歡樹。

當白光消失時，最先映入林太郎眼中的，是這般祥和的景致。

腳下因日照而閃閃生輝的石板地，往四面八方擴展而去，抬頭一看，合歡樹的枝椏只要每次隨風擺動，就會有閃亮的發光粒子飄降而下。林太郎處在這樣的亮光下，瞇起眼睛低語道：

「門……」

前方有個數階長的石階，走上去後，有一座氣派的瓦頂山門。擦拭晶亮，透著光澤，以一整片木板製成的高大木門，散發出獨特的威迫感。門口掛著一塊沒寫姓氏的門牌。不時從樹木間的縫隙滿溢而出，朝黝黑日本瓦掉落的發光粒子，就像潑灑出的水滴般，閃亮生輝，光彩奪目。

環視左右，那精心維護的黃褐色瓦頂板心泥牆，一路無限延伸。圍牆前沒看到半片樹葉，而地面那漂亮的寬廣石板地，也一直往左右無限綿延，看不到邊界。四周當然是空無一人。

「我們到了。」腳下的貓說道。「這裡就是目的地。」

「書就是……」

「被封閉在這裡。」

林太郎重新仰望那氣派的大門，以及它上方茂密的合歡樹。那棵大樹的枝頭長滿了宛如絨毛般的花朵。

「好氣派的宅邸啊。光大門就幾乎跟我們那家店一樣大了。」

「別擔心，這只是虛張聲勢。只有大門很氣派，主屋卻很寒磣，世上這種情況多得是。」

「像我這種家裡大門和主屋都很寒磣的高中生，倒是很希望能和這裡一樣，就算只有大門也好。」

「你也就只有現在還能這樣悠閒地發牢騷。要是無法平安解放書本，你將會走不出這座迷宮。」

這突如其來的警告，令林太郎說不出話來。

「怎麼沒聽你提過這件事。」

「這是當然，要是事先告訴你，你就不會來了。世上有些事還是別知道得好。」

「太過分了……」

「會嗎？像你這樣抑鬱寡歡、一臉蠢樣呆坐地上的人，反正也沒什麼可以再失去了。」

這句一針見血的話語，毫不客氣地在四周響起。講得真是直白露骨。

林太郎朝散發白光的天空仰望半晌後，喃喃低語道：

「雖然虐待動物並非我的本意……」

他朝鏡框輕輕一托。

「不過，我現在很想一把掐住你的脖子，抓起來狠狠甩圈。」

「很好，就是要有這股氣勢。」

貓以從容不迫的態度回應，就此爬上眼前的石階。爬了五階，便已來到大門前。

林太郎急忙隨後跟上。

「順便問一下，如果回不去會怎樣？」

「這個嘛……或許會不斷走在這座長長的瓦頂板心泥牆前，不過目前還沒發生過回不去的情況，所以實際會是怎樣，我也無從得知。」

「這也太扯了。」

林太郎難以置信地應道，站在那巨大的木門前仰望。

「那麼，我該做什麼呢？」

「和這座宅邸的屋主說話。」

「然後呢？」

「談話的結果，如果對方認輸，就搞定了。」

「就這樣？」

林太郎聞言後舒顏展眉，虎斑貓則是以凝重的口吻接著道「你還有一項工作」。

「由你去按門鈴。」

林太郎依言而行。

從木門對面前來迎接貓和林太郎的，是一位身穿樸素的藍染和服、容貌秀麗的女子。

從她沉穩的舉止來看，感覺已有相當年紀，但難以推算她的實際年齡。她全身展現一股冷漠氣質，眉眼低垂，讓人看不出她的情感，而插在島田髻[3]上的紅色髮簪，以及像瓷器般白皙的肌膚，都讓人聯想到做工精細的日本人偶。

不知如何是好的林太郎，感覺一開始就出師不利。

「有什麼事嗎？」

傳來女子沒有高低起伏的聲音。

貓代替不知所措的林太郎回答。

「我們想見妳先生。」

女子那毫無生氣的雙眸望向腳下的虎斑貓。

林太郎一顆心七上八下，但女子卻若無其事地向貓應道：

「我先生諸事繁忙，對突然來訪的客人向來都……」

「這是很重要的事。」

貓毫不客氣地打斷她。

3 日本女性傳統髮型中，最普遍的一種髮髻。梳這種髮髻的大多是未婚女性或花柳界的女性。

「而且很急。請妳通報一聲。」

「每天都有很多客人來找我先生談緊急的要事。他忙得不可開交。忙著上電視、上廣播節目、上臺演講。我們不接受客人突然來訪，請改天再來。」

「我沒那個空閒。」

貓獨特的過人氣勢，令這名身穿和服的女子停止動作。

「這名年輕人帶來一個極爲重要的消息，和書本有關。只要妳這樣轉告一聲，妳先生應該也會改變態度的。」

面對虎斑貓高高在上的強勢態度，女子沉默了半晌，接著她行了一禮，請他們稍候片刻，就此走進屋內。

林太郎一臉驚訝地望著貓。

「你剛才說誰『帶來一個極爲重要的消息』？」

「用不著在意這種小事。對虛張聲勢的人，就要以虛張聲勢來對付，這點很重要。至於消息的內容，等進屋後再想就行了。」

「你可眞是……」林太郎托起鏡框，接著說道：「可靠啊。」

不久，那名女人再度現身，向這一人一貓低頭鞠躬。

請進——門前響起那沒有高低起伏的聲音。

門內是林太郎從沒見過的大宅院。

穿過有踩石步道的戶外地面，打開玄關的格子門，在寬敞的水泥地上脫鞋。接著從擦拭晶亮的原木走廊穿過陽光照得到的外廊，行經遊廊，來到隔壁的屋子。從走廊環視那寬廣的回遊式日本庭園，樹叢間有黃鶯鳴唱，精心修剪的杜鵑花正盛開競豔。

「你不是說大門只是虛張聲勢，主屋其實很寒磣嗎？」

「我那只是比喻。你少廢話。」

對於林太郎和貓之間的竊竊私語，在前面帶路的女人完全沒置喙。

跟在她後頭走，景象開始轉變，本以為是純日式宅邸，沒想到慢慢開始呈現詭奇的樣貌。

原木走廊突然連往大理石石階，中國風的華麗欄杆所面向的寬闊庭園，有一座立著裸女雕像的豪華噴水池，居高臨下俯視。描繪竹林景致的隔門前方，有一間掛著水晶吊燈、光輝耀眼的大廳，立著一整排哥德式風格圓柱的走廊，擺有彩繪鮮豔的陶壺當裝飾。

「我怎麼覺得頭有點疼了起來。」

「我有同感。」

難得虎斑貓會率直地同意他的看法。

「感覺是將這世上的東西隨手拿來就擺放在這裡。」

「看起來像什麼都有，卻又什麼都沒有。」

虎斑貓如此回應，感覺像是禪修問答。

「沒有哲學，沒有思想，更沒嗜好。不論外表看起來多麼豐富，只要掀開蓋子一看，會發現裡頭的東西全是向人借來湊數。根本就是窮到了極點。」

「大可不必講得這麼難聽吧。」

「事實就是事實。而且這是充斥在現今社會，日常生活中很常見的事實。」

「這間宅邸……」走在前面的女人語氣平和地打斷貓的話。「是由我先生豐富的經驗和深厚的見識所點綴而成。這對客人來說，或許有點難以理解。」

林太郎一時間還以為這是玩笑話，但他看不見走在前方的女人此時的臉色。至少從她的口吻聽來，絲毫感覺不到開玩笑的那份開朗感。

一行人就這樣在莫名的緊張氣氛籠罩下，一步步往屋內深處走去。迴廊、階梯、遊廊，他們走過的距離實在非比尋常。這段時間，映入眼中的東西有象牙雕刻、水墨畫、維納斯的半身雕像、日本武士刀，全是一些莫名其妙湊在一起的裝飾品。行進方向一直不規則地變換，在這片混亂的景致中，完全不清楚自己置身何方。

來到半途，女子多次轉頭詢問「還好嗎？」但林太郎他們根本沒有選擇的餘地。

「現在就算她叫我們回去，我也沒把握能順利回到出口。」

「不用擔心，第二代當家。」虎斑貓微微抬頭望向林太郎。「我也沒把握走得回去。」

好一隻將如此單純的事說得煞有其事的貓啊。

不久，漫長的旅途也來到了終點。

走在鋪滿紅色地毯的走廊上，來到盡頭處一扇方格花紋圖案的隔門前，女子停下腳步。

「辛苦兩位了。」女子緩緩把手搭向門把。甫一搭上，隔門便滑順地開啟，前方敞開的空間，令林太郎不禁為之瞠目。

那是牆壁、地板、天花板全都是白色的巨大空間。

讓人遠近感錯亂的配色已透著古怪，而它的寬敞程度更是不尋常。天花板高得讓人誤以爲是學校的體育館，除了背後牆壁以外的其他三面，完全看不到邊界，無法想像這裡究竟有多寬廣。

而塡滿這雪白巨大空間的，是排列得井井有條的白色玻璃櫥櫃。比林太郎個頭還高的巨大玻璃櫥櫃，整整排了數十列，但就連他眼前的這一列，也看不到哪裡有中斷處。

然而，這玻璃櫥櫃異樣的長度雖然也令林太郎吃驚，但最令他吃驚的，是裡頭擺設的竟然全都是書。

分成數層的櫥櫃裡，裝滿了平放的書，一路連向視野的遠方。既然是採平放，就算一本書所占的面積頗大，但如此龐大的收納空間如果全部用來放書，它裡頭的藏書量肯定超乎想像。

「眞驚人……」

林太郎沿著櫥櫃走，像大受震撼般喃喃自語。

櫥櫃裡的書，不論在領域還是在時代方面，都很豐富多樣。

文藝、哲學、詩、書信、日記等，所有領域的書都以壓倒性的質和量塞滿這座廣大的空間。

但這裡頭的每一本書都美得像新書一樣，沒有一絲皺紋或摺痕。

簡言之，只能用完美來形容。

「我第一次見識這麼驚人的藏書……」

「承蒙您的誇獎，真是倍感光榮。」

這聲尖銳的聲音，從櫥櫃遙遠的前方傳來。

已回到入口處的林太郎，在那聲「我在這裡」的引導下，邊走邊往玻璃櫥櫃間窺望，就在他數到第十列時，發現一名坐在白椅子上的高大男子。

是一名身穿白色西裝的高大男子，西裝幾乎和擦得晶亮的地板一樣白。男子蹺著腿坐在一張小小的旋轉椅上，視線落向他膝蓋上的一本大書。

「歡迎來到我的書房。」

男子微微轉頭望向林太郎。

柔和的微笑與形成對比的犀利目光，在高雅的舉止間完美地統一。

林太郎想起剛才那名女人提過電視和廣播的事，感覺此人對這方面的工作很有經驗。

「這個人看起來頭腦很好。」

「一開始就被對方的氣勢打敗，這怎麼行？你要堅定自己的決心。」

林太郎那沒用的喃喃自語，遭到虎斑貓狠狠駁斥。

男人銳利的視線迅速朝林太郎和貓掃過一遍後，開口道：

「聽說有人『帶來一個極爲重要的消息』，就是你嗎？」

「啊？」林太郎發出一聲憨傻的應答，男子眼中明顯閃過一道冷峻的寒光。

「不好意思，我諸事繁忙，沒有那個空閒時間陪一位突然來訪，也沒自我介紹，就只會呆立在原地的少年閒聊。」

「抱歉，我叫夏木林太郎。」林太郎急忙立正站好，說了一聲「失禮了」，低頭鞠躬。

「原來如此。」男人簡短應道，瞇起他犀利的雙眼。

「那就說來聽聽吧，你所說的重要消息是什麼？如果是和書本有關的重要消息，我倒是有點興趣。」

突然步入正題，林太郎一時間卻不知該如何回應。打從一開始，根本就沒有什麼重要消息。他急忙望向那隻貓，只見牠的白鬚緩緩動了一下。

「我們是來請你解放書本的。」

男人原本就瞇起的眼睛，瞇得更細了，他低頭俯視那隻貓。

他的眼瞳深處帶有毫不留情的威嚴，透射出寒光。

「就像我剛才說的，我諸事繁忙。上電視、上廣播節目、演講、寫作，有許多事等著我處理。而在百忙之中，我仍會想辦法擠出時間，閱讀這世上所有的書。抱歉，我沒時間聽你胡言亂語。」

男子深深嘆了口氣，刻意做出低頭看錶的動作。

「已經浪費了兩分鐘珍貴的時間。你們沒事的話，就請回吧。」

「根本什麼都還沒談……」

「剛才我不是說了嗎？」

男人以不悅的眼神回瞪緊纏不放的虎斑貓。

「我很忙。這個月要達到一百本書的標準，我才只看了六十五本。請回吧。」

「一百本？」林太郎不由自主地出聲問道：「是一年看一百本書嗎？」

「不是一年，是一個月。」男子以誇張的動作翻動他放在膝上的書。「所以才說我諸事繁忙啊。本以爲多少可以聽到一些對我有助益的事，所以才讓你們進來，看來是我誤判了。如果你們還要繼續礙事，就只好動用武力趕你們出去了。不過，我將你們趕出這房間後，你們能否平安回到出口，這我可就不知道了。」

最後這句話，帶有一股令人背脊發冷的殘酷口吻。

在突然籠罩的沉默下，只傳來男子翻著書，不帶任何情感的嘩啦嘩啦聲。虎斑貓以凶狠的眼神瞪著男子，但對方當然不爲所動　男子的視線投向書本，宛如忘了訪客的存在。

在不知所措的冰冷空氣中，林太郎的目光不自覺地在書架上搜尋起來。

上頭擺放的書籍的確五花八門，但如果換個說法，也可說是來者不拒。上頭不光是一般書籍，連雜誌、地圖、辭典這類的媒介書籍，也全都陳列其上，沒有順序和領域之分。

夏木書店也有很多藏書，但隱約可以從中感受出祖父的哲學氣息，但眼前的書架感覺像是一應俱全，卻也給人一種混亂、無從捉摸之感。

當男子又翻了一頁時，林太郎慢慢開口道：

「尼采你全都看過了嗎？」

林太郎望向身後的書架。從《查拉圖斯特拉如是說》這類的代表性長篇著作到書簡集，所有名著皆擺放在玻璃櫥櫃裡。

「我也喜歡尼采。」

「世上說自己喜歡尼采的人，多如過江之鯽。」

男人仍舊頭也不抬地應道：

「不過，真的看過他作品才這麼說的人，卻屈指可數。只看過一些名言佳句或是重點摘要，就說自己喜歡尼采，就像披上流行的大衣一樣。你也是這樣的人嗎？」

「人們要做某件事情時，需具備三項條件。閱讀、熱情……」

林太郎說到一半，男子緩緩抬起頭開口道：

「還有對話。」

說完後，男子朝林太郎端詳了半晌。

原本滿是鄙視和冷漠的眼神，微微流露出感興趣的光芒。

他白皙的手把膝上的那本大書合上。

「好。我就稍微撥點時間給你吧。」

感覺凍結的空氣已稍微緩和。

虎斑貓略顯驚訝地望向林太郎，但林太郎現在沒空搭理牠。

男子原本投向貓的壓迫感，突然轉向林太郎身上。他馬上感受到一股沉重的壓力，很想逃離，但他極力揮除這個念頭，盡可能以平淡的口吻說道：

「我聽說你將很多書封閉在這裡，所以才前來。」

「世事不能單憑傳聞來判斷，要自己眼見爲憑。我就只是看書，將看過的每一本書妥善保存在這裡，如此而已。」

「看過的書？這裡的書你全都看過？」

「那當然。」

你看——男子展開雙臂，向他展示這整座大廳。

「從你走進的入口處書架開始，到我現在所坐的這個位置上的書，總共四萬七千六百二十二本。這是我到目前爲止所看過的書。」

「四萬……」

男子朝說不出話來的林太郎露出淺笑。

「沒什麼好驚訝的。像我這種引領時代進步的知識分子，時時都得閱讀大量的書籍，持續鍛鍊自己的知識和哲學。換句話說，擺在這裡的各種書籍，在背後支持著今日的我。書可說是我的重要夥伴。因此，你們那莫名其妙的說法，令我很困惑。」

他緩緩蹺起二郎腿，神色倨傲地睥睨林太郎。幾欲要把人吹垮的強烈自負和自信，化爲無聲的壓力，朝這處空間壓迫而來。

儘管如此，林太郎仍舊牢牢站穩，因爲有個很單純的疑惑，勝過這令人喘不過氣來的壓迫感。

「可是，你竟然把書放進這樣的玻璃櫥櫃裡……」

這些展示櫥櫃全都玻璃門緊閉，把手處還很嚴密地掛著大鎖。

林太郎不清楚貓所說的「封閉書本」這句話眞正的含意，但至少他知道這不是一般藏書的擺放方式。雖然美觀，卻讓人看得喘不過氣來。簡單來說，這根本就是——

「太不自然了。」

男子爲之蹙眉。

「對我來說，這都是很重要的書本。也可以說是我愛這些書，爲了收好這樣的寶物而替它們上鎖，有什麼不自然？」

「但如果是這樣，它們就不像書，反倒像藝術品了。用氣派的大鎖鎖上，明明是自己的書，卻連自己要拿都不方便。」

「拿？爲什麼要拿？我明明已經看過一遍了。」

男子蹙緊眉頭的模樣，林太郎感到困惑。

「書不是看過一遍就沒了吧？有時還會再回頭看……」

「回頭看？你是笨蛋嗎？」

男子冷冷地拋出這句話。

這名穿白西裝的男子，緩緩朝玻璃門伸出他修長的手指。

「你什麼都沒聽說過嗎？我每天都忙著看新書。光是要達到每個月的標準就已經夠辛苦了。要回頭看已經看過的書，我才沒這個閒工夫呢。」

「不會再回頭看？」

「這是當然。」

見林太郎說不出話來，男子搖了搖頭，似乎很受不了他的愚蠢。

「瞧你傻到這種程度，我就當作是因爲你還年輕吧。若不這麼做，我會因爲這三分鐘無意義的對話而感到絕望。你聽好。這世上的書疊起來就像山一樣高。過去有繁不可數的作品問世，今後也繼續會有作品問世。根本沒空一再回頭看同一本書。」

他滔滔不絕說著，在遼闊的大廳裡形成回響。林太郎有種近乎暈眩的飄浮感，令他覺得很不舒服。

「這世上有許多人號稱是愛書人士。但像我這種身分的人，被迫得看更多書。比起看一萬本書的人，能看十萬本書的人更有價值。光這樣就有很多書等著要看了，竟然還要回頭看同一本書，這不是浪費時間是什麼？」

這樣你懂了吧？瞇起眼睛的男子，眼中帶有利刃般犀利的冷光。那是近乎瘋狂，極度自信的光芒。

林太郎雙唇緊抿，回望這名男子。

並非因爲鬥志萎縮或恐懼，單純只是因訝異而說不出話來。

男子所說的話，也並非毫無道理。

儘管每一個磚塊看起來都歪斜扭曲，卻能緊密而無縫隙地組成一堵高牆。這理論說得通，男子對此也頗爲自負，所以才能講出如此堅定不搖的話語。

「書本具有力量。」

這是祖父的口頭禪。而眼前這名男子同樣也提到書本的力量，還說這種力量支持著他。

可是——林太郎右手托向鏡框。

他覺得有哪裡不對勁。男子這番話當中，有某個地方扭曲了。

如果是祖父，應該會以他慣有的冷靜聲音回答林太郎的疑問。

「我很忙。」

男子再次說道。同時緩緩轉動椅子，改為面向書架。再次在膝上打開書本，伸出右手指向大門。

「請回吧。」

林太郎無言以對。

貓也只是在一旁靜靜感受這苦悶沉默的滋味。

男子似乎已對林太郎他們不感興趣，又開始翻起了書本。

不帶情感的嘩啦嘩啦聲，在巨大的白色大廳裡響起。同時也聽到「嘎—」的一聲低沉聲響，因為入口大門已開啓。門外並不像剛才那樣，有人前來帶路。門外滿是漆黑的幽暗。林太郎感受到一股毛骨悚然的寒氣，微微打了個哆嗦。

「快動腦筋想啊，第二代當家。」貓突然如此說道。「這傢伙之所以不好對付，是因爲他說的話當中帶有眞實。」

「眞實？」

「沒錯。在這座迷宮裡，眞實的力量最爲強大。只要朝它加上信念，不管再怎麼扭曲歪斜，也不會輕易傾倒。但並非所有都是眞實。」

貓緩緩向前邁出一步。

「當中一定有弱點。這傢伙巧妙地以言語堆疊出這番話，但並非句句是眞。當中一定存有謊言。」

「謊言是吧……」

空氣突然飄然流動，林太郎回身望向入口。

一陣風從門外的黑暗吹來。不，是風流進黑暗中。就像要將林太郎他們吸入般，緩緩流動的風，開始漸漸由弱轉強。風流動的方向，是那漆黑的幽暗。一股寒意從林太郎背後流過。

他移回視線，發現那名男子仍若無其事地埋首於書本中。可能就快看完了吧。那一大本書已來到最後幾頁。而那本看完的書，將會被收進書架的玻璃門內，然後上鎖，當成裝飾品，再也不會拿在手上。

原來如此，書本確實被封閉在這裡。

在開始呼嘯的強風中，貓對林太郎說了些話，但他沒回答。他就只是望著那廣大的玻璃櫥櫃。

過沒多久——

「如果是謊言的話，確實有。」

那是宛如喃喃自語般的聲音。但男子的肩膀卻為之一震。

「這當中確實有謊言。」

林太郎再次清楚地說道，這時男子緩緩轉頭望向他。那眼神宛如要將人刺穿，但林太郎不顯一絲怯色。

「你說謊。你聲稱自己愛書，但這並非事實。」

「你這話可真有意思。」

男子很快便做出反應，顯得很不自然。

「年輕人，在你惹惱我之前，快點帶著那隻礙眼的貓離開吧。」

「你根本就不愛書。」林太郎再次說道。

面對以端正姿態回望的林太郎，男子似乎略顯怯縮。

「你有什麼根據……」

「看就知道了。」

林太郎的聲音出奇地強勁有力。林太郎自己也對此感到驚訝，但他很自然地接著往下說。

「這裡確實有很多書。書的種類和領域之廣泛，也非比尋常，當中還有現今已很少看到的珍貴古書。但也僅只於此。」

「僅只於此？」

「例如這十本《達太安浪漫三部曲[4]》。」

林太郎指向他右手邊書架上那十本排成一列，裝訂精美的書籍。白底燙金的清爽封面，上頭以剛勁有力的字體列出書名。出自亞歷山大·仲馬之手的這部長篇巨著，以美麗之姿坐鎮此處。

4 《D'Artagnan》，法國大文豪大仲馬著。包括了《三劍客》、《二十年後》、《布拉熱洛納子爵》。

「雖然很少有機會可以看到它整套齊備，但這十本書幾乎沒有打開過的痕跡。這套書體積頗大。就算再怎麼小心翻閱，難免還是會有摺痕。但它卻這麼漂亮嶄新，就像剛送達似的。」

「對我來說，這就像寶物一樣。每本書我都很小心翻閱，看完後擺在這裡，這是我平常的習慣，同時也是我的嗜好。」

「那爲什麼沒有第十一卷？」

一聽聞林太郎此言，男子眉頭微微上挑。

「《達太安浪漫三部曲》全套應該是十一卷才對。你少了最後一卷《吾劍，永別了[5]》。」

男子雙唇緊抿，像雕像般文風不動。

林太郎不予理會，繼續往下說，這次他改爲抬起右手。

「擺在那裡的《約翰・克利斯朵夫》也是，看起來像是上下卷齊備，但原本應

5 《La Vie Aventureuse de D'artagnan》。

該有中卷，一共三卷才對。而這邊的《納尼亞傳奇》，同樣也少了《奇幻馬和傳說》這卷。你口口聲聲說書是你的寶物，但你的擺放方式卻很馬虎。也就是說，這裡看起來像是一應俱全，但仔細看過後會發現，這書架根本就不正常。」

林太郎保持他平淡的口吻，仰望廣大的大廳天花板。

不知從什麼時候起，風的流動變弱了。

「存在於這裡的，不是放置重要書本的書架。單純只是用來誇耀你個人藏書的展示櫥窗。」

林太郎想了一會兒後，回望男子。

「眞正的愛書人不會這樣處理。」

林太郎腦中浮現祖父靜靜翻閱書本的側臉。

祖父會不斷回頭看自己鍾愛的書，翻到書都快破了，悠然沉浸在故事中，心滿意足地瞇起眼睛。

祖父雖然很珍惜書店裡的書本，但他的目的並非拿它們當裝飾。祖父一手創建的，不是金光閃閃的美麗空間，而是儘管老舊，卻維護得很講究，讓人很想伸手觸摸的書架。所以林太郎才會看過這麼多書。

守著這種書架的祖父，某天說了一句話，令他印象深刻。

「看很多書固然不錯，但有件事絕不能搞錯。」

聽到林太郎不由自主說出的這句話，穿白西裝的男子就只是身子微微一震。在沒有應答聲的緊繃寂靜中，林太郎像是回憶一點 滴浮現般，接連著往下說。

「書本有強大的力量。但那終究都只是書本的力量，不是你的力量。」

這是很久之前的事了。

當時林太郎常沒去上學，整天就只在夏木書店裡找書看。排斥上學的林太郎，曾有一段時間將自己關在書牆當中，逐漸對外頭的世界失去興趣，終日埋首於書本的文字世界裡。面對這樣的孫子，平時沉默寡言的祖父難得會一再地對他說：

『只知道一味地看書，你可以看到的世界並不會因此擴展。不論腦子裡塞了再多的知識，若不靠自己動腦思考，靠自己的雙腳行走，一切終究都只是借來的，虛而不實。』

孫子聽了艱澀難懂的這番話，側頭感到不解，祖父則只是以平靜的雙眸回望。

『書不會代替你走你的人生。忘了靠自己雙腳走路的讀書人，就像一本充塞了老舊知識的厚重辭典。只要沒人打開來看，它就只是毫無用處的古董。』

祖父輕撫孫子的頭，緊接著補上一句。

『你只是想成爲一位博學家嗎？』

面對祖父平靜的提問，林太郎已不記得自己是如何回答。

不過，後來他再度重返校園，這是事實。

之後他也常把自己封閉在書本的世界中，這時祖父總是不疾不徐地喝著茶，向他說道：

『閱讀是不錯，但等你讀完了，接下來就是邁步前行的時候了。』

林太郎現在才覺得，這是不擅言辭的祖父盡其最大的努力，對自己孫子的開導。

「可是……」穿白西裝的男子突然開口道：「我因爲累積了無數的書本，才構築出現今的地位。有更多的書，就能創造出更強大的力量。我就是仰賴這個力量才有今日的成就。」

「所以你才刻意把書上鎖，以此向人誇耀，就像這些書本的力量都歸你所有一樣。」

「你說什麼？」

「誇耀你很了不起。爲了讓周遭人知道你看過這麼多書，才刻意準備了如此誇張的展示櫃嗎？」

「住口！」

男子已不再一派悠閒地蹺著二郎腿。視線也不再投向膝蓋上翻開的書本，而是惡狠狠地瞪視著林太郎。

「像你種小鬼懂什麼？」

不知何時，男子的額頭上已布滿一粒粒汗水，閃著珠光。

「比起一本書看了十遍的人，看過十本書的人才會受世人尊敬。這社會所看重的，是一個人是否看了很多書，這是不爭的事實。而看過很多書的這項事實，不是很吸引人嗎？我說的難道有錯？」

「什麼？」

「是對是錯我不知道。因爲我所說的不是這件事。」

男子似乎頗爲詫異。

「這社會所要求的是什麼，怎樣的人會受衆人尊敬，這都不是我要談的事。」

「不然你要談的是什麼……？」

「我要談的是，你根本就不愛書。你只愛自己，並不愛書。剛才我應該也說過，眞正愛書的人，是不會這麼處理的。」

寂靜再次籠罩。

男子的手放在膝蓋那本書上，無聲地呆坐原地。無比桀驁不馴的他，現在看起來整個人足足小了一圈。

原本微微搖盪的徐風，現在已完全止息。轉頭一看，原本完全敞開的大門，不知何時已經關上。

「你……」

空白了好長一段時間後，男子開口說了一個字，旋即又合上嘴，接著沉默了一會兒，才像是想到該說什麼似地開口：

「你喜歡書嗎？」

林太郎感到困惑，並不是因爲這唐突的詢問。而是因爲穿白西裝的男子所投射而來的眼神中，帶有眞摯的光芒。不同於先前的冰冷、強勢，而是滿溢他心中的思慮、孤獨、寂寥的深邃光芒。

「儘管如此，你還是喜歡書嗎？」

「儘管如此」這短短的一句話裡頭，蘊含了許多想法。正因爲男子的諸多想法，林太郎很多都能理解，所以他也很清楚地回答。

「喜歡啊。」

「我也是。」

男子的聲音聽起來變得柔和許多。甚至覺得他看起來像在苦笑。

感到困惑的林太郎面前，突然開始響起沙沙沙的乾硬聲響，就像颳風一般。

他環視四周，發現這巨大的大廳產生了變化。

原本以其壯觀陣容向人誇耀的成群巨大展示櫃，開始像沙城受強風吹襲般，從邊角逐漸崩塌。而書架上陳列的書籍，同時也一本本像鳥兒振翅般飛向空中。

「我也很喜歡書。」

穿白西裝的男子，悄悄將膝上敞開的書本合上，夾在腋下，站起身來。他剛做出這個動作，眼前的書架旋即被風吹垮崩毀，無數的書本就像成群的候鳥般，振翅高飛。不知不覺間，眼界四面八方皆已被振翅飛翔的書本所淹沒。

男子朝呆立原地的林太郎投以平靜的目光。

「真是個不可原諒的少年。」

「我什麼也沒……」

男人微微抬起右手打斷他的話，面露苦笑，轉頭望向身旁。

「瞧妳，帶了一個這麼麻煩的客人進來。」

猛然一看，男子身旁不知何時站著一名身穿和服的女子。就是一開始替他們在宅邸裡帶路的女人。當時她像戴著能劇面具一樣面無表情，但現在臉上卻浮現含蓄的笑臉。

「回去的路不必擔心。就算沒替他們帶路，他們也回得去。」男子的聲音在書本的振翅聲中響起。

已有許多書架消失在風中。四周盈滿淡淡的亮光，仍有許多書本形成的候鳥振翅飛翔，四面八方皆被雪白的顏色掩埋。

男子望向手錶。

「雖然占去不少時間，卻是不曾有過的珍貴時刻。謝謝。」

他臉上泛起淺笑，接過身旁女子遞出的白色帽子。「那我告辭了。」男子說完這句話後，戴上帽子，緩緩轉過身去。

一旁的女子緩緩面向林太郎，低頭行禮，這時四周盡皆化爲白光。

隔天早上七點，在屋內廚房吃完早餐的林太郎，站在書店前打開店門。

他打開店內的燈光，拉起窗戶前的百葉窗，讓風吹進店內。冬天冷徹肌骨的戶外空氣，將店內沉悶的空氣一掃而空，令人倍感舒暢。他以掃把將入口處的石階大致掃過一遍，回到店內後，改換撢子清除書架的塵埃。

這全都是仿照祖父以前的做法。

以前他每天上學時都會見到這幕光景，但自己實際這麼做，今天還是頭一遭。儘管林太郎常會拿書來看，卻從未打掃過店內。

他心裡有個納悶不解的聲音問道「你這是在幹什麼」。另一方面，也有一個聲音笑著說「這又沒關係」。兩者都是林太郎自己的聲音。實際上，他也不清楚自己在幹什麼。就這樣不明就裡地在萬里無雲的朝陽下呼出一口白煙。

原本鬱鬱寡歡仰望書架的自己，爲什麼會開始想這麼做？林太郎不經意地思索此事，昨天發生的那起神奇事件在他腦中不斷盤旋。

『幹得好啊，第二代當家。』

以粗獷低沉的聲音如此說道的，是毛色漂亮的虎斑貓。

那隻貓走在漫長的書架迴廊上，瞇起牠翡翠色的眼睛，臉上泛著微笑，這令林太郎也跟著露出奇怪的表情。

『你怎麼啦？』

『我不太習慣受人誇獎。』

『謙虛是好事。但如果凡事都過度謙虛，那就成了缺點。』

貓的回答方式相當不可思議。

貓靜悄無聲地走在迴廊上，接著說道：

『你說的話改變了對方的想法，這是事實。所以才成功解放了許多書本，我們也才得以踏上歸途。如果沒有你那番話，我們現在肯定無法返回，仍在那棟詭異莫測的宅邸裡四處徘徊。』

貓以不當一回事的口吻，說著駭人的事。林太郎回望牠一眼，發現牠翡翠色的雙眼微帶笑意。

『你幹得很好。姑且平安順利地突破了第一座迷宮。』

『謝謝誇獎……』林太郎話說到一半頓停，他轉頭望向虎斑貓。『第一座迷宮？』

『沒事，不用在意。』聽到這樣的回答時，林太郎正站在夏木書店的中央。虎斑貓滑溜地從林太郎腳下穿過，回到裡頭的牆壁處。

『等一下，就算你叫我不用在意，但你到底……』

『不是跟你說過了嗎？虎斑貓阿虎，這是我的名字，你要記牢。』

貓愉快地笑著，轉頭望向他。

『沒想到你表現得挺出色的。』

『休想用這句話來搪塞過去……』

才剛回了這麼一句，迴廊旋即融入白光之中，待回過神來才發現，自己正獨自站在冰冷的壁板前。

從那之後已過了一天，但至今仍有一種置身夢中的感覺。

「出色是嗎？」

虎斑貓的低沉聲音，至今仍在耳畔迴盪。

他從未接受過別人如此坦率的誇獎。如果是被人嘲笑死氣沉沉，或是嫌他陰沉而對他避而遠之，那倒是早就習以爲常，不過，突然有人直接對他這麼說，一時令他難以保持平靜。因爲靜不下心，林太郎索性不繼續坐在昏暗的書店裡，決定揮動撢子打掃。

將店內大致打掃過一遍後，突然門鈴聲響起，林太郎轉頭望向門口。站在門外一臉顧忌地往店內張望的，是昨天才剛送過聯絡簿的班長柚木沙夜。

見林太郎一臉納悶地呆立原地，這名圍著紅色圍巾的女學生馬上蹙起秀眉。

「你在做什麼？」

「問我在做什麼……？」

林太郎感到困惑，仔細想想，這才是他該問的問題。

「妳自己才是呢，妳為什麼一大早跑來？」

「我要參加例行的吹奏樂社的晨練。」

柚木倏然抬起左手，讓林太郎看她手上的黑色樂器盒。

「我路過時瞄了一眼，看到原本理應關著店門的夏木書店竟然開著，大吃一驚，所以才往裡頭窺望。」

沙夜吐著白色氣息，輕盈地跨過門檻，雙手扠腰接著道：

「一早就有空打掃店內，表示你今天會乖乖去上學吧？」

「這個……」

「哪有什麼這個那個的。你有空閒的話，就去上學吧。如果是因為快搬家了，就索性一路請假到底，這種態度也太惡劣了。」

「話是這樣沒錯啦……」

林太郎講起話來一直很不乾脆，沙夜眼神嚴峻地望著他。

「我說你啊，我送聯絡簿到某個一臉憂鬱的同學家中，你好歹也站在我的立場替我想一想吧。我已經很用心了。」

聽她這麼一講，林太郎這才想起，前些日子沙夜送筆記過來時，他忘了說謝謝。

他急忙開口道「之前謝謝妳」，沙夜聞言，面露困惑不解的神色。

「我說了什麼奇怪的話嗎？」

「當然會嚇一跳啊。之前你明明都一副很不堪其擾的表情，今天竟然當面跟我說謝謝……」

「我並沒有覺得不堪其擾。倒是妳，好像不太高興……」

「不太高興？」沙夜為之一愣，接著馬上說道：「我才沒不高興呢。」

她板著臉說道：

「我只是在擔心你。」

「擔心？」林太郎低語一聲後，微微側頭，接著豎起食指指向自己。「擔心我？」

「當然啊。」沙夜微微瞪視著林太郎。「你爺爺過世後，你馬上就要搬家，一定很辛苦，所以我很替你擔心，但卻看到你和秋葉學長在這裡悠哉聊天，看了就有氣。」

眞搞不懂她——林太郎在心裡大感折服。

站在林太郎的立場，他認爲沙夜應該才是被迫攬了許多麻煩事的人。儘管她嘴巴上說擔心，但林太郎都當這是客套話。不過情況似乎不是這樣。

沙夜以很受不了的神情朝一臉困惑的林太郎望了一會兒後，突然又露出顧忌的眼神。

「我看起來眞有那麼不高興嗎？」

林太郎一時間無言以對，但並非因爲這唐突的詢問而感到驚訝。

而是因爲他發現，這位理應看慣了的同學，有一對漂亮的明眸。仔細一想才發現，雖然沙夜家住附近，但林太郎從未像這樣和她面對面交談。

「什麼嘛，我的態度看起來眞有那麼糟嗎？」

「……一點都不會。」

「夏木，你眞不會說謊。」

面對沙夜爽快的回答，林太郎卻是擠不出半句像樣的話來。他側著頭，右手托起鏡框後，這才開口。

「我爺爺有一組紅茶禮盒……」他以生硬的動作指向店內。「妳有空的話，我泡杯茶給妳喝吧？」

說出這樣的話來，連他自己也覺得蠢，他心底暗自嘆息。儘管如此，林太郎這份笨拙的用心，還是讓這位開朗的女學生露出溫柔的苦笑。

「這什麼？搭訕嗎？」

「妳這樣解釋就太難聽了。」

「不過，如果是爲了答謝我專程送聯絡簿給你的這份辛勞，你這句話說得也太隨便了吧？」

乾脆而又犀利的回答。沙夜不理會不知所措的林太郎，逕自輕盈地往前邁步，一屁股坐向一旁的圓椅。

「不過，你這份努力還是要給予肯定。」

「謝啦。」

林太郎鬆了口氣，沙夜馬上接著說：

「給我一杯大吉嶺，加上滿滿的砂糖。」
宛如春天突然造訪嚴冬，店內響起開朗的聲音。

第二章

第二座迷宮「剪碎者」

林太郎喜歡書。

這主要是個性自閉的林太郎遇上夏木書店這個環境因素使然，不過，也可說是林太郎幾乎把平時生活中的空閒時間全都投注在閱讀上。

他的閱讀方式，是眼前看到什麼，隨手拿來就讀，並未特別採取什麼有系統的讀書方法，不過在閱讀方面，他一直謹守祖父吩咐他的一個原則。

不管花多少時間，一定都要看到最後。

少言寡語的祖父，並未詳細向孫子說明個中緣由。對於一臉納悶的孫子，他只是以平靜的口吻回答道：

「書本有它的力量。但是要接觸這個力量，有時需要付出努力。」

「重要的事，往往很難理解。」

說這句話的祖父，全身散發出一種泰然處世的氣息，彷彿和書本一起生活了數十年，已達到悟透俗世的境界，但事實並非如此。

祖父很少透露自己的事，但曾經從店裡的老主顧那裡聽說，他原本在大學裡身居高位，但後來工作遭遇挫折。

告訴他這件事的，是一位總是別著一條雅致的波洛領帶，留著白鬍子的老紳士。

他不時會出現在書店內，購買厚重的文學書以及外文書，聽說以前曾和祖父一起共事。

「你爺爺眞的是一位了不起的人物。」

在泛黃的燈光下，老先生輕撫林太郎的頭，如此說道。

那是林太郎還就讀國中，有一次祖父外出不在，留他自己一個人顧店時的事。

「你爺爺一直很努力想將這世上各種混亂的問題帶往好的方向。一直都竭盡心思，很認眞地善盡自己的職責。」

老先生無比憐愛地輕撫那本書精緻的布封面，向少年說出懷念的往事。

不過——老先生說到一半停頓片刻，望向書架，嘆了口氣。

「可惜力不從心，壯志未酬，就此從這社會的舞臺上退場。」

「社會的舞臺」這個名詞，與祖父的形象完全搭不上，這令林太郎感到困惑不解。

林太郎問，我爺爺到底想做什麼，老先生以慈祥的笑臉回答道：

「也沒什麼，就只是想傳達很理所當然的事。不能說謊。不能欺負弱者。看到別人有困難，就得伸出援手……」

林太郎不由自主地側著頭。

老人苦笑道：

「如今的世道，這些理所當然的事，已不再理所當然。」

接著他長嘆一聲。

「現今這個世界，各種理所當然的事全都顛倒了。大家都沉溺於說巧妙的謊言，踐踏弱者，見人有困難就落井下石，卻沒人站出來叫大家別再做這種事了。」

「我爺爺站出來說嗎？」

「他叫大家別再這麼做了。而且耐心十足地一再告訴大家，這麼做是錯的。」

但一切還是沒改變——老先生如此說道，像在拿取什麼精細的玻璃雕刻品般，小心翼翼把兩本大書擺在結帳臺上。那是兩卷包斯威爾寫的《約翰遜傳》。

「有第三卷嗎？」

「有。在左邊深處上方數下來第二層的位置。應該就在波特萊爾的隔壁。」

老先生笑咪咪地點了點頭，依言從書架上取出那本書。

「這麼說來，我爺爺是因為大學的工作不順利，所以才決定經營這家小書店嘍？」

「就事實來說，和你說的一樣；但就背後的含意來說，可能不是這樣。」

少年為之一愣，老先生和藹可親地笑道：

「你爺爺並非夾著尾巴逃離大學。他既沒死心，也沒放棄。只是改變了做法而已。」

「做法？」

「你爺爺在這裡開了一家很棒的舊書店。為了將充滿魅力的書籍送到更多人手上。藉由這麼做，可以將歪斜之物逐漸導正，恢復成它該有的姿態，這是他的信念。換句話說，這是你爺爺選擇的全新做法。雖然不是一條引人矚目的道路，但這樣的選擇，不是很有你爺爺的風格嗎？」

諄諄訴說的老先生，過了一會兒才像猛然回神般，面露苦笑。

「這對你來說，可能還很難懂吧？」

林太郎覺得複雜難懂。

當時確實這麼覺得，但現在感覺已看出些許不同。

如果問他到底是哪裡不同，一時也說不上來。但這短短幾天，反覆在書店裡打掃時，他逐漸從中看出寡言的祖父與夏木書店這家小書店的距離感。

從用撢子清理書架到門口的打掃，這些維護工作出奇單調且花時間。不，正因爲單調，所以他從中明白一直都如此用心、從不鬆懈的祖父，是多麼有耐性。

林太郎帶著淡淡的感傷，望向店內。

花了一個小時打掃完畢的店內，從格子門外照進長條狀的晨光，帶有光澤的木板地閃閃生輝。門外傳來開朗的喧鬧聲，應該是參加社團活動的高中生吧。充滿朝氣的笑聲，伴隨著冷徹肌骨的寒氣流進店內。

令人感到身心舒暢的空氣。

「挺悠哉的嘛，學校方面怎麼樣啊？第二代當家。」

突然傳來這低沉的聲音，但林太郎並未感到吃驚，連他自己也感到不可思議。他不慌不忙地將撢子靠在肩上，轉頭望向店內深處。

在兩側書架包夾的長廊深處，不知何時坐著一隻毛色漂亮的虎斑貓。牠背後原本有一道壁板，此時已消失不見，取而代之的，是在銀光籠罩下一路通往遠方的書架迴廊。

林太郎望向虎斑貓，露出苦笑。

「雖然很想對你說一句歡迎光臨，但你下次到店裡來的時候，可否走大門進來呢？那裡是牆壁。」

「沒想到你竟然沒被嚇著，第二代當家。」

貓以天生的低沉嗓音說道。

翡翠色的雙瞳閃動著知性的光芒。

「你要顯露出慌張的模樣，這樣我登場才有意思嘛。」

「因爲之前你提到『第一座迷宮』，我一直很在意這件事。照理來說，既然有第一，就會有第二。」

「觀察力夠敏銳！既然這樣，我就不必再花力氣解釋，幫了我一個大忙。」

「解釋？」

「我們得去第二座迷宮。希望你助我一臂之力。」

「雖然覺得不太可能……」林太郎先朝店內的迴廊望了一眼。「但你該不會又說要去解救書本吧？」

面對林太郎惴惴不安的詢問，貓以極度誇張且趾高氣揚的態度應道：

「你答對了。」

在某個地方有名男子，他蒐集全世界的書，一一加以剪碎。

貓以威嚴十足的口吻說道。

這名男子蒐集了許多書，持續做出這種旁若無人的舉動。

「不能繼續這樣放任不管。」

林太郎朝一旁的圓椅坐下後，伸指托起鏡框。就此沉默片刻後，接著從手指下方回望虎斑貓。

「幹嘛？你再怎麼瞪我，情況也不會就此好轉。你到底來是不來，就一句話。」

「你比之前更蠻橫了。」

「不蠻橫一點，你是不會行動的。如果不必用蠻橫的手段，你也肯行動，那我也就不必這麼辛苦了。」

虎斑貓翡翠色的雙瞳，綻放出更深邃的光芒。

林太郎再度默默思考了半晌，接著嘆了口氣，應道：

「我知道了。我跟你走總行了吧？」

意外聽到如此乾脆的回答，貓頗感興趣地瞇起眼睛。

「沒想到你的態度挺果決的嘛。本以為你會像那些軟弱鬼一樣，找一大堆理由推拖呢。」

「那些複雜的事我不懂，不過，我爺爺告訴過我，要好好愛惜書本。助人不合我的個性，但如果是拯救書本，我倒是可以幫忙。」

貓微微睜大牠翡翠色的眼瞳，接著再度瞇起，點了點頭。

「很好。」

貓的嘴角看似閃過一抹淺笑，但不是很確定。因爲在林太郎進一步確認前，突然「叮鈴」一聲，傳來門鈴的輕快聲響。轉頭一看，在開啓的格子門外，出現一名意想不到的闖入者。

「你還活著嗎，夏木？」

這活潑的聲音，是班長柚木沙夜。林太郎望向時鐘，時間是早上七點半。正是她前去參加吹奏樂社晨練的時間。林太郎大爲慌張。

「怎麼啦，你女朋友啊？」

「你閉嘴。」

沙夜在夏木書店喝紅茶，是兩天前的事。

班長叫他要乖乖上學，林太郎只是含糊以對，最後還是沒行動。簡單來說，他就只是窩在店裡。就心情來說，他現在完全沒有想上學的念頭，但唯獨對沙夜感到有點歉疚。

在這種微妙的狀況下，要是被她撞見自己平日一大早就和一隻貓在對話，那就太糟糕了。

「怎、怎麼了嗎？」

「還問呢。」

沙夜秀眉微蹙，大搖大擺地走進店內。虎斑貓低沉的聲音在慌亂的林太郎耳中響起。

「用不著擔心，第二代當家。只有滿足特殊條件的人，才看得到我。你只要裝不知道就沒問題了。」

林太郎半信半疑地聽牠這麼說，這時響起沙夜清亮的聲音。

「你昨天也沒到學校來對吧。照你這樣子來看，今天也打算在家嘍？」

「不，也不是這麼說啦……」

「這麼說來，你會來嘍？」

「今天我還沒……」

沙夜以銳利的目光望向態度模糊不明的林太郎。

「你不去上學的話，我又得送聯絡簿來給你。老師們也會替你擔心，這樣會給大家添麻煩，你知道嗎？」

沙夜直言不諱，很像她的作風。

若以威儀來看，她與林太郎根本是完全不同的等級。

「對不起……」

「這不是道不道歉的問題。」

沙夜嘆了口氣，一副拿他沒轍的神情。

「你要來就來，如果要請假，就請假，講清楚不就好了嗎？我也知道你現在的情況比較特別。就是因爲你態度不明確，周遭的人也都不知該如何是好，很傷腦筋呢！」

她排山倒海而來的這番話，令林太郎倍感歉疚。

就林太郎來說，他只是覺得自己向來在班上沒什麼存在感，就算少了他，應該也不會有任何影響，但班長似乎不這麼想。

「簡單來說，」背後傳來虎斑貓別有含意的笑聲。「她真的很替你擔心呢。沒想到你挺受朋友關照的嘛。」

林太郎朝看好戲的虎斑貓瞪了一眼，但虎斑貓毫不在意。牠隨興地搖動貓鬚，悠哉笑著。

但沙夜突然發出「咦？」的一聲短促驚呼，望向林太郎腳下。那隻毒舌的虎斑貓就坐在那兒。

頓時陷入短暫的詭異寂靜中。

就連虎斑貓也爲之身子一僵，接著牠以試探的口吻說道：

「這怎麼可能？我的聲音就別說了，應該連我的樣子也看不到才對啊……」

「會說話的貓？」

沙夜拋出的這句話，令虎斑貓全身一震。

明顯盯著虎斑貓瞧的沙夜，接著視線投向書店深處亮著銀光的迴廊，說不出話來。

「……這什麼啊？」

林太郎重新確認過沙夜視線投射的方向後，緩緩抬手托起鏡框。

「你剛才不是說要滿足特殊條件嗎？」

「應該是這樣沒錯啊……」

向來都一派悠閒的虎斑貓，難得面露慌亂之色。

「這下麻煩了。」

「夏木……」沙夜困惑地低語：

「我好像看到到奇怪的東西。」

「太好了，我原本還以爲只有我看得到呢。」

林太郎以近乎敷衍的口吻應道，沙夜無言以對。

但虎斑貓馬上恢復牠原有的平靜態度，牠來到沙夜面前，鄭重地行了一禮。

「我是虎斑貓阿虎，歡迎來到書本的迷宮。」

虎斑貓優雅地低頭行禮，這模樣意外顯得帥氣。

「我叫柚木沙夜。」

沙夜一臉困惑地應道，但緊接著下個瞬間，她伸出白皙的雙手，一把抱起那隻吃驚的貓。

好可愛喲！這開朗的聲音，令林太郎和虎斑貓同時瞪大眼睛。

「好可愛的虎斑貓，而且還會說話，眞是太棒了。」

這樣好嗎——林太郎如此低語道，但聲音馬上被蓋過，取而代之的是沙夜開朗的嬌笑聲，在店內響起。說到虎斑貓，沙夜朝牠磨蹭臉頰，牠竟然莫名其妙叫了聲「喵」。

「叫什麼喵啊。」

林太郎就像虛脫無力似的，長長嘆了口氣。

這兩人一貓，緩緩走在兩邊被巨大書架包夾的筆直迴廊上。貓走在前頭，沙夜跟在後頭，最後則是由林太郎壓陣。貓的步履安靜，沙夜的步調輕快，但林太郎則是腳步沉重。

「柚木，妳最好還是回去吧。」

林太郎低調地如此說道，沙夜細長的眼睛望向他。

「什麼？你打算自己和這隻神奇的貓展開愉快的冒險是嗎？」

「愉快的冒險……」林太郎略顯怯縮地說道。「妳大可不必自己一頭栽進危險中吧……」

「你說危險？」

沙夜別有含意地轉頭望向林太郎。

「你的意思是說，我的同學一頭栽進危險中，卻要我坐視不管？」

「我不是這個意思……」

「不然是什麼意思？如果不危險，那我跟在旁也沒關係吧；如果有危險，我坐視不管才有問題呢。難道不對嗎？」

所謂的心直口快，應該就是專門用來形容柚木的吧，林太郎心中興起這樣的感嘆。與總是瞻前顧後、獨自苦惱的林太郎相比，沙夜講的道理既明快又正向。想法負面的宅男完全不是她的對手。

「我看你就死心吧，第二代當家。」虎斑貓以低沉的聲音居中調解。「再怎麼看，都是你居下風。」

「我承認我說不過她，但是讓身爲問題元凶的你來勸說，我實在無法接受。」

「別這麼說嘛。誰教她看得到我呢？」

儘管如此回應，但聲音中少了牠平時的那股氣勢，想必是因爲虎斑貓自己的心境也尚未恢復平靜吧。

「畢竟我也無法事先預料到每一件事。像這次的事件，我完全沒料到。」

「聽你這麼說，好像其他事全都在你預料之中似的。可是我看你根本就橫衝直撞，毫無計畫。」

「就算你說不過我，」沙夜那充滿活力的聲音打斷了他的話。「也不該拿小貓咪出氣吧。」

「拿牠出氣……」

「難道不是嗎？」

「我是看班長妳被捲進這場莫名其妙的事態中，擔心妳要是發生了什麼事，那可就麻煩了。」

「我要是發生了什麼事，可就麻煩了，那夏木你要是發生什麼事，就不麻煩是嗎？」

在這若無其事的對話中，展現了過人的機智。

林太郎爲之語塞，沙夜乘勝追擊道：

「夏木，你的個性我並不討厭，但我不喜歡你這種態度。」

沙夜率直地說出這番話後，開始快步往前走。

在筆直的長廊上，她越過虎斑貓，勇敢地走向前方。與凡事都畏首畏尾的林太郎形成強烈對比。

虎斑貓靠向林太郎腳下，轉頭仰望他。嘴角輕揚地說道：

「挺青春的嘛。」

「你在說什麼啊？」

當林太郎以軟弱無力的聲音如此低語時，四周已開始籠罩在白光之下。

醫院？

一開始也難怪林太郎會這麼想。

因爲走出那道白光後，來到一處有許多身穿白衣的男女匆忙來去的廣大空間。

不過當亮光消失，逐漸可以看清楚四周後，眼前景象的奇怪之處也漸漸明朗。

前方這處廣大的空間，是一條巨大的石造長廊。

左右的寬度足足有兩間教室那麼大，看不出縱深有多長，巨大的空間一路連往前方。兩側是一根又一根的希臘風粗大圓柱，採相同的間隔排列，支撐著頭頂優雅的圓頂狀天花板。

光看到這一幕，會認定是古希臘神殿的景致，但往來的行人更是奇怪。

從圓柱間陸續有白衣男女走出，消失在另一側的圓柱間。年齡男女老幼皆有，但他們的共點是每個人都身穿白衣，而且手中捧著好幾本書，行色匆匆。

抬頭望向柱子間的牆壁，發現牆上擺了許多書，一路往頭頂的天花板延伸。在構成巨大書庫的牆壁最下方，擺了幾張大桌椅，許多白衣人從書架上拿出書本，疊放在書桌上，同時將其他書放回書架上。仔細一看才發現，牆上到處都有狹窄的通道和通往上下的樓梯，若隱若現，白衣男女從那裡走出，來到書桌前，忙完作業後，橫越寬廣的長廊，消失在另一側的通道上。

捧著書本走路的人、不斷把書堆在書桌上的人，以及將長梯立向書架、在上頭作業的人，這景象當眞令人眼花撩亂。

「這什麼啊……」

沙夜大爲驚訝地叫道。

沙夜瞠目環視四周，正好一名白衣女子快步從她面前走過。

這些白衣人完全不理會闖入的兩人一貓。彷彿打從一開始就沒映入他們眼中似的，毫無反應，但在快撞上的時候，他們會避開，所以似乎看得見他們。而當中最不自然之處，在於明明有這麼多人來來往往，卻聽不到半句交談。就像在看一齣沒拍好的默劇，令人覺得有點可怕。

「那名會把書剪碎的人，就在這裡頭的某處嗎？」

「應該是。」

「要怎麼做？」

面對林太郎的詢問，虎斑貓聳起牠渾圓的肩膀，邁步前行。

「只有慢慢找嘍。」

虎斑貓快步走向前，喚住走在牠面前的一名白衣男子。

「不好意思，想向你問件事。」

聽到這突如其來的叫喚，身穿白衣的中年男了雙手捧著許多書就此停步，明顯露出倍感困擾的神情，回望腳下那隻貓。此人體格不錯，但臉色莫名蒼白。

「有什麼事？我很忙呢。」

「這裡是什麼地方？」

面對虎斑貓傲慢的提問，男子態度平淡地回應。

「這裡是『閱讀研究所』。從事和閱讀有關的各種研究，是全球最大的研究機構。」

閱讀研究所？沙夜聽得蹙起眉頭，但男子完全不予理會。

「那麼，我想見這座研究所的負責人。」

「負責人？」

「沒錯，這個機構的負責人。該稱呼他所長、博士，還是教授呢？」

「你在找教授嗎？」

「沒錯。」

「你死心吧。」

男子眉毛連動也沒動一下，如此說道。

「教授這個頭銜，在這世上多如繁星。因爲日本的教授滿街跑。你不妨試著大喊一聲教授看看，走在附近的五名學者當中，肯定有四個人會轉頭。大家都是各個領域的教授。從速讀法的教授，到速記術的教授，這裡就有好幾位。除此之外，從修辭法、措辭法、文體、音韻、文字字體，到紙質，各種研究領域都有許多新教授。比起找教授，不如找不是教授的人還比較有希望。」

這名用不帶情感起伏的聲音冷淡回應的男子，令虎斑貓覺得很掃興。

白衣男子似乎也看準了這個破綻，說了一聲「再見」，就此快步離去。

虎斑貓還沒來得及喊一聲「喂」，他已消失在圓柱對面的通道。

林太郎和沙夜也看傻了眼，愣愣地望著對方離去的背影。

「那個人是怎麼回事？」

對於林太郎的喃喃低語，虎斑貓沉默不語，再度走在那廣大的迴廊上。

接著牠喚住另一名從旁邊路過的白衣男子。明明年齡與體格都跟剛才那名男子不同，但蒼白的臉色和捧著許多書本的模樣幾乎沒有兩樣。

「什麼事？我很忙呢。」

「我在找人。」

「勸你死了這條心吧。」

對方就像冷不防一刀斜向砍下似的，對牠這樣說道。

「這座研究所很大。而且許多人的外觀、想法、忙碌的程度都很相似。當然了，每個人都極力強調自己的獨特性，但執著於自己的獨特性，就是完全沒獨特性，所以就結論來說，要加以區分實在很困難。在這種場所，要找出特定的『某人』，不光是困難，也沒意義。」

男子說了聲「再見」，就此離去。

找了第三個人，是一位比較年輕的女子，但臉色不佳，而且回答得莫名其妙，和先前的其他兩人一樣。

至於第四個人，是在他們環顧四周，想著該找哪一個人問話才好時，沙夜撞向一名快步走來的男子，男子捧在手中的一大堆書全散落在走廊上。

「對不起。」沙夜鞠躬道歉，但男子只是一語不發地朝她瞥了一眼，便態度平淡地開始撿書。林太郎也急忙前來幫忙撿書，但他拿起一本書時，卻就此停止動作。

《新閱讀術推薦》——

看到這莫名其妙的書名，林太郎不經意地開口問道：

「你知道寫這本書的人在哪兒嗎？」

聽林太郎這麼說，白衣男眉毛微微上挑，轉頭望向他。林太郎馬上接著說：

「我正在找寫這本書的人……」

「如果你要找所長，只要走下那個樓梯，就是所長室了。你去那裡就能見到他。」

捧起所有書後，男子站起身，朝右手邊圓柱對面一個下樓的小樓梯努了努下巴。

「所長很熱心研究，所以都關在房間裡，很少到地面上來。你們去那裡應該見得到他。」

男子以不帶感情的口吻，搭配誇張的說明。

林太郎低頭說了聲謝謝，當他抬起頭時，白衣男已離去，消失在對面的上樓樓梯。

那下樓樓梯怎麼也走不完。

這一行人在毫無心理準備的情況下開始走下樓梯，但眼前卻是不斷往下延伸，沒有盡頭的樓梯。

「男子說所長很少到地面上來，原來是這麼回事啊。」

沙夜似乎很吃不消，如此低語道。她的低語聲形成回音，同時被吸進遙遠的地底。

「沒問題吧？」

「妳如果擔心的話，也可以選擇掉頭回去。我原本就屬於『建議回家』這一派。」

「那麼，建議回家這一派的人請先離去。我是屬於『不管發生什麼事，都絕不半途而廢』這一派。」

沙夜這番話，帶有將陰鬱氣氛吹跑的爽朗。林太郎馬上沉默下來。

起初直直往下的樓梯，不久後轉爲曲線，成了螺旋狀。感覺無比昏暗、陰沉，就像潛入地底一般。

景致極度單調，缺乏變化。牆壁上等距離亮著燈，中間到處隨意堆放著書本。仔細一看，雖然書本有新舊之分，但每本書皆是《新閱讀術推薦》。

不時會有捧著大量書籍的白衣男子順著樓梯走上來，但是對林太郎他們連看也不看一眼，就只是一語不發地快步通過。

走著走著，在持續毫無變化的昏暗光線下，沙夜突然喃喃低語道：

「貝多芬……？」

沙夜的聲音令林太郎駐足。

豎耳細聽，確實從樓梯底下微微傳來音樂聲。

「我認爲應該是貝多芬第九號交響曲的第三樂章。」

「第九號？」

面對林太郎的詢問，身爲吹奏樂社社長的沙夜充滿自信地頷首。

繼續往下走，音樂聲愈來愈清楚，就連林太郎也聽得出那是高格調的管弦樂。

「是第二主題。」

在沙夜告知的同時，旋律突然改變，開始演奏新的主題。感覺步調加快，旋即響起第九號交響曲中特有的沉重、慵懶的旋律起伏，一行人來到盡頭處的一扇小木門前。

在年代久遠的木門上方，很鄭重其事地寫著「所長室」這三個字。除此之外，沒任何標示和裝飾，從中傳來音量磅礴的管弦樂。

這是很難一一理解的景象，但是對林太郎來說，能抵達盡頭比什麼都令人放心。

虎斑貓點頭後，林太郎輕輕敲著門。

敲了兩下，沒有回應，第三次他改為用力敲，但同樣沒回應，就只傳來第九號交響曲的樂音。

不得已，林太郎只好握住門把推開門。微微發出「嘎」的聲響，門應聲開啓，在開啓的同時，從房內衝出令人大吃一驚的高分貝交響曲。

房內並沒有多寬敞。不，或許算得上寬敞，但由於四面牆壁都疊滿了書本和紙張，一路疊到了天花板，占滿了室內的空間，所以不清楚裡頭究竟多寬敞。被書本和紙張包圍的這處空間相當狹小，而正面深處只有一張桌面擺滿紙張的書桌。

一名身穿白衣的中年男子面朝書桌而坐，背對著林太郎他們。

他個子不高，有一副圓潤的身材，正全神貫注埋首於工作中。他們隔著很遠的距離看男子在做什麼，結果大爲吃驚，男子左手拿起書本，右手竟拿著剪刀將書一本一本剪碎。

每次動起剪刀，就會紙片四散，一本書就此不再是書。

這名身穿白衣的肥胖男子埋首於奇怪作業的這幅畫面，委實怪異。

「這什麼啊……」

沙夜爲之瞠目結舌，林太郎也無言以對。就連虎斑貓也同樣沒說話，就只是注視著那名白衣男子。

而讓這處怪異空間更顯怪異的，是以高分貝播放的第九號交響曲。擺在男子身旁的音響，放的既不是CD，也不是唱片，而是在前一個時代達到全盛高峰的錄音帶，用來播放音樂的是一臺卡式錄音機。林太郎之所以知道它是卡式錄音機，是因爲祖父也曾經有一臺。那是現在幾乎已看不到的老古董了。錄音機裡頭轉動的錄音帶，看起來就像在開某種玩笑。

打擾一下——林太郎的這聲叫喚，並未讓白衣男轉過頭來。連叫了兩次都沒反應，直到林太郎用丹田的力量大叫一聲，他才停下手中的動作，轉過頭來。

「咦，什麼事？」

以出奇尖銳的聲音應道，回身而望的男子，戴著厚厚的眼鏡，配上皺巴巴的白衣、往前挺出的啤酒肚、留有些許白髮的禿頭，模樣奇特。說他是學者，聽起來似乎煞有其事，但他就連身穿白衣，也完全沒給人半點知性的印象。

「抱歉，打擾您了。」

「不好意思，我完全沒發現。」

學者以不輸第九號交響曲的音量喊道，緩緩轉動椅子，面向林太郎他們。

右手拿剪刀，左手拿著被剪碎的書本，這位學者的模樣令林太郎和沙夜感到怯縮。

「因爲這裡很少有客人上門。抱歉、抱歉，連坐的地方也沒有。」

在第九號交響曲間的空檔，傳來那莫名充滿活力的聲音。

「找我有什麼事嗎？」

見男子提問，林太郎同樣提高音量詢問。

「我們聽說這裡有大量的書本被剪碎。您……」

「啥？你說什麼？」

「聽說這裡有大量的書本被剪碎……」

「不好意思，我聽不清楚。請再大聲點說。」

「我說，這裡有大量的書本……」

突然傳來喀嚓一聲的金屬聲響，第九號交響曲中斷。錄音機突然停了。錄音帶單面跑完就會自動停止。音樂停止後，四周突然籠罩在寂靜中，靜得可怕。

「呃……」林太郎才剛開口，白衣男便抬起肥胖的手打斷他的話。

在一片寂靜中，只見男子緩緩從椅子上站起，朝擺在書桌邊角的卡式錄音機伸手，取出錄音帶，翻面後重新放入，按下播放鈕。過沒三秒，高分貝的貝多芬音樂再度響起。

「好了，再次說出你的來意吧。」

在高分貝中扯開嗓門說話的學者，令林太郎感到很無力。

「別擺出這種臉嘛。貝多芬是我喜歡的作曲家之一，尤其是他的第九號交響曲，堪稱最高傑作。播放這首曲子時，我的研究就會很順利。」

「研究？什麼研究？」

林太郎近乎敷衍地說道，但這位中年學者聽了卻很開心地點頭。

「你問得好。我的研究主題是『閱讀的效率化』。」

「我看他這個樣子……」沙夜在林太郎耳邊低語。「根本就是只想聽自己想聽的話，才放貝多芬吧？」

或許眞是如此，但就算是這樣，也無計可施。

好不容易開啓了話匣子，爲了不錯失這個機會，林太郎刻意問道：

「閱讀的效率化是什麼意思？」

「很簡單。就是『爲了能快速閱讀的研究』。」

學者開心地應道，並喀嚓喀嚓動著手中的剪刀。

「世上的書像山一樣多。我們人類因爲太過忙碌，沒時間可以一一細讀。不過，等我的研究完成，人們就能每天看數十本書。不光是流行的暢銷書，連複雜的小說和難懂的哲學書，也能轉眼間就看完。這是能留名青史的壯舉。」

「每天看數十本書？」

「也就是速讀嘍？」

沙夜代替林太郎開口說道。

學者開心地直點頭。

「速讀法是一種重要技術。但一般的速讀，得是看慣的文章才行得通。要從報紙上的股價一覽中擷取必要的資訊，是極爲有用的技術，但如果是哲學方面的外行人，突然要對胡塞爾的《現象學》展開速讀，是不可能的事。」

重點來了——學者笑容滿面地豎起粗大的食指。

「所以我成功將另一項技術與速讀融合。」

「另一項技術？」

「就是『大綱』。」

林太郎和沙夜大吃一驚，幾乎同時往後仰身。

音樂在這個時間點中斷，應該是第三樂章剛好結束吧。在這短暫的寂靜下，還沒來得及喘口氣，第四樂章旋即開始，在管弦樂強烈的不協調樂聲中，學者得意洋洋地朗聲說道：

「所謂的大綱，也可說是摘要。透過速讀法而得到快速閱讀速度的人們，能透過擷取書本精華的『大綱』或『摘要』，而進一步提高閱讀速度。當然了，像一些難懂的專業用語就不用說了，就連具有獨特含意的深奧用語、少見的成語、不易讀的漢字，也全都得從大綱中移除。藉由這個方法 原本看一本書得花十分鐘，能縮短成只要一分鐘。舉個例子吧。」

學者拿起掉在他腳邊的一本小說，隨手拿起剪刀剪下小紙片，突然遞給趨身向前的林太郎。

上頭只有短短一行字。

「美樂斯大爲震怒。」

林太郎念出上頭的文字後，學者滿意地點了點頭。

「這就是《跑吧！美樂斯》的大綱。」

面對聽得傻眼的林太郎，男子左手甩動著那張剪下的《跑吧！美樂斯》說道。

「那篇知名的短篇小說，如果寫成大綱，就只有這行字。經過一再截取的結果，所得到的最後一行字。當然了，只要用這種速讀法，兩秒就能看完《跑吧！美樂斯》。問題在於長篇小說。」

學者朝卡式錄音機伸手，將音量已經夠大的音樂又調大些許。男高音的獨唱，精力充沛地響遍四方。

「我現在著手的，是歌德的《浮士德》。目標是兩分鐘內讀完它。不過它相當困難。」

學者用渾圓的手掌朝擺在桌上的數本書用力一拍。那股勁道，震得四周的紙片像雪花般飛舞。他拍打的那本書，到處都有剪刀剪過的痕跡，模樣慘不忍睹，早已看不出是否爲《浮士德》。

「我已成功剪去原本分量的九成，但雖然只剩一成，這部龐大的作品依舊不小。需要更進一步的濃縮作業。雖然需要付出相當的努力，不過想看《浮士德》的讀者超乎想像得多。希望能符合他們的期待。」

「你頭腦有問題嗎？」這句話，林太郎之所以沒實際說出口，是因爲沙夜早一步先說了。「這樣不是很奇怪嗎？」

她的聲音清楚明亮，但微微被貝多芬的音樂蓋過。

「奇怪？爲什麼？」

「還問呢……」

他問得過於直率，沙夜一時答不出話來。

一度背對他們的學者，再次緩緩轉動椅子，面向林太郎他們。

「據說現今的社會，人們都不讀書了。但事實並非如此。大家只是因爲太忙碌，沒空慢慢看書罷了。在忙碌的日子裡，投注在閱讀上的時間有限，但想看的書卻那麼多。大家都想多接觸一些故事。只看《浮士德》的話，不會滿足。也想順便看看《卡拉馬助夫兄弟們》和《憤怒的葡萄》。既然我聽取了衆人眞摯的心願，那該怎麼做才好呢？」

學者伸長他粗大的脖子。

「那就是速讀和大綱。」

學者明明沒伸手碰卡式錄音機，卻感覺到第九號交響曲的音量變大。

「這裡有一本書。」

學者從右手邊的紙片堆裡，取出一本文庫本大小的小書。

「這是以古今中外一百本名著整理出大綱所出版的書，堪稱是我的代表作。如果將我平時所指導的速讀法用在這本書中，一天就能閱讀一百本書，這樣不是很棒嗎？」

「原來如此。」林太郎如此嘀咕道，當然，這並非表示贊同的「原來如此」。純粹只是感嘆詞。如果一直默不作聲，對方便會沒完沒了地說下去，所以它不過是用來打斷對方的一句話。

「的確，這樣閱讀速度或許會提升。但這樣所看的書，和原本的書根本就是不同的東西。」

「不同的東西？是會有一點點變化沒錯。」

「何止一點點。」虎斑貓低聲說道。「你蒐集了這麼多書，將它們剪得破破爛爛，變成沒意義的紙片。這樣就如同是奪走書本的生命。」

「你錯了。」

學者的聲音突然伴隨一股沉重的風壓響起。

先前那不疾不徐的口吻，突然施加了重量，令這三名來訪者不約而同地噤聲。

「我這是對書本注入新的生命。」

你們聽好了——學者突然轉為像要曉以大義般的溫柔聲音。

「沒人看的小說將逐漸消失。我對此感到可惜，為了讓它們能重獲新生，我特地稍微加工。做成大綱，提供速讀法。這麼一來，逐漸失去的小說，就能在現代留下足跡，同時也能回應人們想在短時間內輕鬆接觸許多傑作的這份期待。『美樂斯大為震怒』，你們不覺得這是很棒的大綱嗎？」

學者緩緩站起身，配合男中音悠揚的歌聲，像手持指揮棒般，開始揮動起手中的剪刀。

「你們不覺得書本和音樂很相似嗎？兩者都是爲人們的生活帶來智慧、勇氣，以及療癒的美好之物。是人們爲了安慰自己、鼓舞自己所創造出的特殊道具。但這兩者有很大的差異。」

學者配合女低音那爽快的旋律，猛然一個轉身，連身上的白衣也誇張地在空中畫出一道圓弧。他渾圓的身軀俐落地轉圈。剪刀在空中飛舞，返照出銳利的光芒。

「在我們的日常生活中，各方面都能接觸到音樂。像車內音響、散步時戴的隨身聽、研究室裡的卡式錄音機。它無所不在，爲人帶來療癒。但書本則不是這樣。雖然可以一面聽音樂，一面慢跑，卻沒辦法邊看書邊這麼做。我可以邊聽第九號交響曲，邊做研究，卻無法邊看《浮士德》，邊寫論文。這是書本可悲的宿命，是造成它衰退的最大原因。爲了拯救書本脫離可悲的命運，我不辭辛勞地展開研究。我不是在剪碎書本，而是在拯救書本。」

在他說完的同時，也開始響起華麗的四重奏。

虎斑貓無言以對。

林太郎明白男子的心情。

第一次和虎斑貓一起造訪那座奇怪的宅邸時，那名男子也是如此。雖然話語中充滿狂氣，但若要笑說這是空虛的妄想，它卻又呈現出一種異樣的銳利。

這恐怕就是名爲眞實的銳利。

「現今這個時代……」學者彷彿看出林太郎內心的動搖，以溫柔的聲音說道。「難懂的書就是因爲難懂，已失去作爲書的價值。每個人都想輕鬆、愉快地閱讀傑作，就像將流行的耶誕歌曲一次打包下載一樣。快樂且快速地閱讀衆多書籍。若不回應這種時代的需求，那些傑作將無法存活下去。爲了守護這些書的生命，我才揮動剪刀。」

「第二代當家。」

貓的聲音令林太郎回過神來。

「你該不會是被他說服了吧？」

「老實說，或許有一點吧。」

喂——虎斑貓的貓鬚伸直，瞪了林太郎一眼。

視野前方的那名學者，正悠然地擺動雙臂，指揮著他腦中的管弦樂團。他右手的剪刀亮晃晃地反射出日光燈的亮光，已開始演奏起《歡樂頌》。

「的確，如果花兩分鐘就能看完《浮士德》，眞的很厲害……」

「這是詭辯。」

「就算是詭辯也好。」在一旁插話的是沙夜。

「我隱約可以明白。像我的念書速度很慢，艱懂的書更是讀不來，所以會想要選擇速讀或大綱這種容易閱讀的方法……」

「妳眞了解。」

學者很滿意地轉頭回望。

「我非常了解。我想幫你們的忙。」

不知何時，沙夜臉上浮現恍惚的神情。原本那位理智、活潑的女學生，已轉爲陶醉迷濛的表情，回望那名一身白衣的學者。

虎斑貓扯開嗓子道：

「她已經被侵蝕了。林太郎，快想辦法。」

「就算你這麼說，我也沒法子啊……」

林太郎試著想說些什麼，但那高分貝的《歡樂頌》響個不停，就像在打亂他的思緒般。

這高分貝的音樂，就像是用來讓來訪者停止思考的防禦柵欄，將這名學者牢牢包圍，讓人無法靠近。

林太郎輕輕拭去額頭上不知何時浮現的汗珠，閉上眼，右手緩緩托向鏡框。

像這種時候，如果是爺爺會怎麼說？

他極力在心中描繪出爺爺手持茶杯，陷入沉思的側臉。望著書上文字的平靜眼神。在燈光的照射下，發出柔光的老花眼鏡。輕輕翻頁，滿是皺紋的手指。

『林太郎，你喜歡山嗎？』

腦中突然響起一個渾厚的聲音。

祖父一邊以俐落的動作沖泡紅茶，一邊以平靜的聲音向他問道。

『我問的是山，林太郎。』

『我沒爬過山，所以不知道。』

林太郎很敷衍地應道，因爲他正沉浸在手裡的書本中。祖父莞爾一笑，在忙著看書的孫子身旁坐下。

『看書和爬山很像。』

『看書和爬山？』

林太郎感到納悶，這才抬起臉來。

祖父手持茶杯，像在享受茶香般，在面前緩緩晃動茶杯。

『閱讀並不光只會感到愉快或是興奮。有時也會一行一行細細品味，同樣的文章一再反覆回頭看，抱頭苦思，進度緩慢。經歷過這番苦思的結果，眼界會豁然開朗。就像走完漫長的登山路線後，前方突然出現開闊的視野一般。』

在古意盎然燈光下悠哉喝茶的祖父，顯得無比怡然自適，活像是傳統奇幻小說裡的老賢者。

『閱讀當中，也有痛苦的閱讀。』

祖父老花眼鏡底下的一雙小眼，熠熠生輝。

『愉快的閱讀固然也不錯，但如果是愉快的登山路線，能看到的景致也有限。雖說道路險峻，但絕不能責怪山林。喘著氣，一步一步走上山頂，這也是一種登山的樂趣。』

祖父伸出他瘦骨嶙峋的手臂，搭在林太郎頭頂。

『既然要登山，就要選高山。可以看到絕佳景致。』

祖父的聲音滿是溫情。

我曾和爺爺有過這樣的對話嗎？林太郎重新對此感到驚奇。

「第二代當家！」

突然傳來虎斑貓的聲音，原本合上眼的林太郎就此睜眼。

回頭一看，發現站在一旁的沙夜，模樣有了明顯的改變。

原本氣色紅潤的臉頰失去健康的顏色，充滿活力的雙眸變得只會反射出不帶情感的銀色亮光。那宛如靜物般的怪異臉色，與他們來到這座研究所之前所看到的那些神色匆忙的白衣男子如出一轍。

在大分貝的終曲中，沙夜就像被吸附過去般，邁步向前走去，林太郎近乎反射性地抓住她的手，將她拉回來。沙夜的手無比冰冷，她纖細的身軀就此軟弱無力地回到原位，令人感到不寒而慄。

林太郎感到一股寒意而皺起眉頭，但還是馬上拉住自己同學的手，讓她坐向一旁的小椅子。

「這樣是無法爭取任何時間的，第二代當家。」

「我知道。」

面對虎斑貓那提高音調的警告聲，林太郎不顯慌張，冷靜地回應。虎斑貓的威儀、沙夜的機智，這都是林太郎所欠缺的，但說到不合理的危機和險境，他倒是經歷過不少。

在房內中央的白衣學者，右手持剪刀，左手拿書本，像在揮舞指揮棒似地甩動雙手。每揮動一次，剪刀就剪向左手的書本，剪下的白色紙片在空中飛舞。

林太郎不懂什麼是閱讀的效率。

但他明白，速讀或大綱這種閱讀方式會喪失書本所具有的力量。

剪下來的片段，終究只是片段。

愈是一味貪快，愈會遺漏許多事，這就是人的習性。坐上火車，就能前往遠方，但如果以爲這樣就能增廣見聞，那可就誤會大了。路旁的花朵，樹梢的小鳥，會來到靠自己雙腳行走的憨直散步者跟前。

林太郎想了一會兒，接著緩緩面向學者，邁步朝他走去。

不慌，不急，不趕著下結論，以自己的速度去思考，憑自己的雙腳走到學者面前。這時，他右手朝桌上那臺大聲播放第九號交響曲的卡式錄音機伸去。

學者肥胖的手突然向前探出，一把抓住林太郎的袖口。

「別把我重要的音樂關掉好嗎？」

「我不會關掉的。」

面對少年那平靜的口吻，學者面露困惑之色。林太郎乘機按下卡式錄音機的「快轉鍵」。

突然急促傳來加快三倍速的第九號交響曲，同時夾雜著嘰哩嘰哩的雜音。那是急促匆忙、喧鬧刺耳，一點都不平靜的《歡樂頌》。

「快住手，這樣不是糟蹋了這首曲子嗎？」

「我也這麼認爲。」

林太郎平靜地如此應道，但在這高分貝的雜音下，他依舊沒把手指移開。

「我和你抱持同樣的看法。不過，如果快轉的話，你最喜歡的第九號交響曲就能聽到更多。」

學者本想回嘴，但他的一對濃眉突然皺在一起，把來到嘴邊的話又嚥了回去。

林太郎接著道：

「可是，如果快轉的話，就糟蹋了這樣的好音樂。第九號交響曲有它應有的速度。如果你眞的想享受音樂……」

林太郎把手從卡式錄音機移開。合唱恢復成原本莊嚴的步調。

「就該以這首曲子的速度來聽。快轉是最糟的方法。」

比一開始的合唱高八度音的女高音合唱，「Freude[6]！Freude！」，充滿歡樂的聲音大爆發。高分貝的旋律帶著恍惚的搖曳感，在室內迴響。

在這樂聲的洪流中，學者悄聲咕噥。

「你的意思是……」他回望林太郎。「書本也是同樣的道理嗎？」

「至少我可以確定，像大綱和速讀這種做法，就像是只針對終曲用快轉來聽一樣。」

「只針對終曲用快轉……」

「這樣或許很有趣，但這已不是貝多芬的交響曲。既然你說你喜歡第九號交響曲，那應該更能了解才對。就像我一樣，因爲喜歡書，所以能了解。」

學者原本揮個不停的剪刀，現在緊握手中一動也不動。

他沉思了片刻，接著濃眉底下的雙眼望向林太郎。

6 德語，快樂、歡樂之意。

「但沒人看的書將會逐漸消失。」

「這是很遺憾的事。」

「你認爲這樣好嗎？」

「我不認爲這樣好。但得來不易的《跑吧！美樂斯》，卻被壓縮成一行字，這同樣令人感到遺憾。就像音樂不是光靠音符構成一樣，書也不是光靠語彙組成。」

「可是……」學者仍緊握剪刀，壓低聲音說道：「人們現在都忘了要慢慢閱讀。你不覺得速讀和大綱是現今社會所追求的嗎？」

「像這種社會大可解散算了。」

林太郎這意想不到的反擊，令學者眼鏡底下的一雙小眼瞪得老大，無比滑稽。

「我單純只是喜歡書。所以……」林太郎停頓片刻後，回望對方。「不管世人要的是什麼，我都反對將書本剪碎。」

不知何時，演奏已經結束。

就只有錄音帶轉動的啪嗒啪嗒聲在房內響起。原本重重壓向房內空氣的音樂已消失，而在這幾乎喘不過氣來的沉默中，就只有卡式錄音機發出奇怪的機械聲。

「……我也喜歡書。」

學者渾圓的雙肩垂落，喃喃低語。

林太郎微微頷首。

原本林太郎就從眼前這名學者身上感覺不出惡意。

如果是個討厭書的人，應該不會想出這種點子。學者說的話當中，確實帶有幾分真實。想留下書本，想流傳下去，想盡可能送到更多人面前。

會有這種想法的人，不可能不喜歡書。

可是——林太郎心想。

「你將書本剪碎，是不爭的事實。」

「你喜歡書對吧。」

學者微微抬起下巴，接著重重嘆了口氣。

「被你說成這樣，不可能覺得無所謂。」

男子緩緩抬起緊握剪刀的右手。

他微微苦笑，同時打開手掌，剪刀發出一道光芒，旋即像濃霧散去般消失無蹤。

同時突然聽見紙片飛舞的聲音。不光只聽到聲音，房內堆疊的無數紙片，也沒風吹，就自己浮向空中，在房內飛舞起來。

林太郎急忙向後退卻數步。

無數紙片陸續飛舞，轉眼已化為紙風雪，視野一片雪白。林太郎愣愣地望著這一幕，眼前旋繞飛舞的紙片緩緩在各處結合、連接、重疊，恢復成書本原來的模樣。

在這紙張和書本四處飛舞的房間裡，白衣學者靜靜佇立。

他渾圓的肩膀顯得落寞孤寂，林太郎從一旁的桌上拿起恢復原形的一本書，遞向學者面前。

學者望著書本的封面喃喃道：

「《跑吧！美樂斯》……」

「這是我也很喜歡的一本小說。你不妨偶爾也念出聲音來，慢慢閱讀。雖然會多花點時間，但這麼做應該不會後悔才對。」

學者接過薄薄的這本書，一動也不動地朝它注視良久。

漫天飛舞的紙風雪，未見減緩之勢。不過，好幾本恢復原狀的書，已脫離這道紙片的洪流，回到裝設在牆上的書架裡。從簡樸的小書，到皮革裝訂的華麗鉅著，全都陸續回歸書架，那模樣著實壯觀。

猛一回神，發現房間開始慢慢籠罩在淡淡的光芒之中。同一時間，《歡樂頌》

的旋律突然朝林太郎耳畔襲來。

林太郎望向桌上的卡式錄音機，但錄音帶並未轉動。

是那名學者自己在哼歌。

單手拿著《跑吧！美樂斯》的學者，開心地搖頭晃腦哼著歌，同時緩緩脫下白衣，隨手朝背後的桌上拋出。他拋出的白衣也籠罩在白光下。

「我的小客人。」

學者一面拋出脖子上的領帶，一面朝林太郎露出微笑。

「這段時光眞是愉快。願你有個美好的未來。」

學者以優雅的聲音說道，就此微微行了一禮，轉身離去。

他遠去變小的背影，伴隨著歌聲，受白光包覆。

那歡樂的歌聲旋即遠去，一切都融入白光中。

沙夜不經意地醒來，久久沒任何動靜。

她環視四周，想搞清楚狀況。

她睡著的地方，是夏木書店的某個角落。好像是坐在一張木頭圓椅上，倚著一旁的書架就這麼睡著了。身上披著毛毯，一旁還有暖爐，應該是某人的貼心安排吧。

煤油爐上擺著白色水壺，正冒著柔柔熱氣。

她望向門口，看見明亮的晨光。背對著刺眼的亮光，站在她面前的，是手托鏡框，若有所思的同班同學。

平時理應看慣的這名同學，幾乎動也不動，全身散發一股嚴肅氣息，靜靜注視著書架。就像要將每一本書的封面烙印進眼中，將裡頭所寫的故事收藏進心底般，朝那一整排書投以無比認眞的眼神。

「你眞的很喜歡書呢。」

沙夜略帶顧忌地說道，林太郎這才注意到她，轉過頭來，旋即放心地吁了口氣。

「太好了，我一直在想，要是妳一直沉睡不醒該怎麼辦。因爲妳眞的睡得很沉。」

「因爲連日晨練，太累了。我可要先聲明一點，我平時不會這樣不知分寸地睡在別人家裡喔。」

沙夜之所以用更勝平時的活潑聲音來回答，是因爲她感覺到自己臉泛紅潮。爲了加以掩飾，她接著道：

「謝謝你，夏木，好像給你添麻煩了。」

「添麻煩？」

「是你將我從那個神祕的地方搬回來的吧？」

聽沙夜這麼說，林太郎先是移開目光，接著刻意偏著頭。

「妳是不是做了什麼奇怪的夢啊？」

「我說你啊……」

沙夜坐在椅子上，視線轉為嚴厲。

「該不會是想讓我以為這全是一場夢吧？不可能，因為我全都記得。會說話的貓、書架間的通道、奇怪的書本研究所。還要我接著說嗎？」

「不，夠了。」林太郎急忙揮動雙手。「我不會再做無謂的掙扎了。」

「很好。」

沙夜嫣然一笑，點了點頭。

有好幾幕不可思議的景象在她腦中浮現，旋即又消失。

身穿白衣快步行走的人們、一路往下無限延伸的樓梯、第九號交響曲和奇妙的對話。

對話來到一半，沙夜的記憶變得模糊。宛如沉入深海般，置身於遼闊無邊的昏暗中，明確感受到這位同班同學溫暖的手將她拉了回來。

那是有力且可靠的手，很不像是這名文靜少年所有。

「那隻小貓呢？」

面對沙夜這突如其來的詢問，林太郎搖了搖頭。

「在回來的路上就不見了。之前也是這樣。」

「這麼說來，有可能還會再見嘍？」

「看妳好像很高興呢。」林太郎一臉不解地說道。「我實在不想讓班長妳再捲進這種莫名其妙的風波中了。」

「我已經被捲進來了。」

沙夜刻意以開朗的聲音說道，並站起身，伸了個懶腰。

門外陽光普照。她望向店內時鐘，發現從她走進門內到現在，幾乎沒過多少時間，彷彿現在才剛來到這裡。眼前是稀鬆平常的平日光景，讓人忍不住懷疑，這一切難道眞的是一場夢。

沙夜因明亮的晨光而瞇起眼睛，接著突然話鋒一轉。

「夏木，搬家的事準備得可順利？」

「我什麼都沒做。」

「什麼都……你還好吧？」

「應該是不太好吧……」林太郎偏著頭說。「我總覺得不太能接受。」

「接受？」

「我也不知道該怎麼說才好。應該是不想離開這裡的心情吧。雖然知道我不該說得這麼悠哉，但找不到一個折衷點，我自己也很傷腦筋。所以我才會都沒說話，就只是思考。」

「想也不會有結果吧？」沙夜並沒這樣說。

她略感意外地望著林太郎凝視遠方、沉默不語的側臉。

林太郎的言行一如平時，總是很不乾脆，摸不透他到底想說什麼。但看起來卻又不像是優柔寡斷、做事不夠果決。真要說的話，這是他想盡可能認真面對自己內心諸多感受，所做的一種態度展現。

他就是這樣的人……

宛如有什麼特別的發現，沙夜微微睜大了眼睛。

林太郎給人消極、不太可靠的印象背後，隱隱顯現出的，或許是近乎憨直的正經個性。

突然有多名女高中生開朗的笑聲從門外通過。

沙夜趁此機會，以活潑的聲音問道：

「喂，有沒有什麼推薦我看的書？」

林太郎有點不知所措地應道：

「是有啦，不過我推薦的書都不太好啃喔。」

「沒關係。因爲我現在已經不想再仰賴大綱了。」

「妳有這樣的決心，就教人放心多了。」

林太郎笑著點點頭，目光望向書架，右手托向鏡框。

他緩緩面向書架，宛如一位經驗老到、思慮周詳的老練學者；沙夜看了，突然心頭怦怦一跳。

「……推薦哪本書好呢？」

林太郎瞇起眼睛喃喃自語，平時那給人很不可靠的印象，頓時變得充滿自信與活力。

面對這位背對朝陽、默默思考的同班同學，沙夜彷彿覺得光芒刺眼般瞇起眼睛，朝他凝望良久。

第三章

第三座迷宮
「兜售者」

「今天的課就上到這裡，大家回去的路上要小心。」

講臺上傳來導師清晰的嗓音，與此同時，教室內的學生們也紛紛開始站起身。

「終於上完了。」

「肚子好餓。」

「你今天也要上社團嗎？」

聲音此起彼落，教室內馬上籠罩在喧鬧的氣氛下。

柚木沙夜同樣也俐落地將筆記本及教科書收進書包裡，起身離席。起身的同時，她朝窗邊瞄了一眼，在你一言我一語的同學之中，有一個空著的座位。

「今天還是沒來啊……」

那是夏木林太郎的座位。

他原本就沒什麼存在感，就算請假沒來，教室內的氣氛也不會有任何變化，也沒學生會注意他。而在前幾天的那個早晨之前，沙夜原本也和大家一樣。

但現在可就不同了。

雖然她可以舉一些瑣碎的理由來解釋，例如說這是因爲她身爲領導全班的班長，或者說是因爲家住得近，所以才非替他送聯絡簿不可，但沙夜自己知道，這些都不是主因。
原本她對林太郎的印象，就只覺得他是個沒什麼存在感，只愛讀書的少年，但現在他和那隻奇妙的虎斑貓一起，以不同的樣貌浮現在沙夜心中。
「哦，夏木那小子今天還是沒來啊。」
突然傳來這句話，沙夜轉頭望向走廊。
隔著窗戶，看到一名高個子的高年級生。
此人是秋葉良太，雖然身為籃球社社長，卻擁有全學年最聰明的腦袋。他朝剛上完課的教室投以沒必要的爽朗笑臉，引來了女學生們的熱情目光和尖叫。
「有什麼事嗎，秋葉學長？」
沙夜明顯投以冷漠的目光。
由於兩人皆是學生會的成員，彼此平時便常會接觸，但這位才貌兼具的學長所散發的輕浮氣質，沙夜向來都無法接受。用客套話來包容自己無法接受的人，不合她的個性，所以她毫不客氣地與他保持距離，但理應已發現這點的秋葉，反倒覺得有趣而主動出聲叫喚。
「到頭來，夏木那小子還是完全不到學校來。眞傷腦筋。」

「和他一起蹺課的學長說這種話，一點說服力都沒有。」

「眞沒想到妳會這麼說。我是見學弟家人過世，一直窩在家中，覺得他可憐而特別前去替他打氣耶。」

他一面朝路過的女學生眨眼，一面刻意講這種說出來反而很不識趣的話。

沙夜朝他白了一眼。

「那麼，可以請你前去替他打氣，順便送聯絡簿給他嗎？還有昨天的講義影印。」

「什麼嘛，妳不去嗎？」

「要替一位因祖父過世而感到沮喪的男生打氣，我實在做不來。這種事還是由男生來說比較合適吧。」

「不好意思，不論是腦袋、運動神經、長相，還是個性，那小子都和我相差太遠，要和他相互了解可是件苦差事呢。」

這位學長還是老樣子，以爽朗的態度口吐惡毒之言。

「還有，」秋葉露出別有含意的笑容。「既然妳都在夏木書店買過書了，那就應該妳去才對。」

秋葉的目光已準確盯向沙夜捧在手中的一本帀行本。

「沒想到吹奏樂社的社長也會對古典文學感興趣呢。」

「看到有位班上同學整天窩在書店裡看書，就會覺得自己多少也該看一點。不過打開書本後，上頭密密麻麻的文字看得我肩膀痠疼，實在吃不消。」

「不過，珍・奧斯汀是個不錯的選擇。」

秋葉的口吻聽起來不太一樣。

「以文學入門書來說，它很容易切入，也很適合女生閱讀。不愧是夏木。」

這位笑嘻嘻的學長，眼神中閃過不像他這種聰明人會有的柔和光芒。

眞是的……沙夜在心中暗自嘆了口氣。

——這些愛書人士，只要一談到書，表情就會變得和平時截然不同。

對於秋葉的模樣，沙夜微感困惑，同時輕輕將手中的《傲慢與偏見》重新捧好。

「剩下的事就麻煩你嘍，小林。」

伴隨著那鏗鏘有力的聲音，傳來車子的引擎聲，一輛白色的飛雅特 500 就此輕快地駛離。

現在已是日暮時分。太陽開始傾沉，原本蔚藍無雲的冬日晴空，已泰半染爲暗紅。

林太郎目送姑姑乘坐的小型轎車離去，爲了不讓她擔心，刻意誇張地揮動右手，爲她送行。等到確定白色的車身已轉過前方的轉角處後，他這才嘆了口氣，暗自嘀咕：

「姑姑幹嘛叫我小林嘛……」

這是他眞實無僞的感慨。

耳畔仍留著剛離去的姑姑那鏗鏘有力的聲音。

「小林，你聽好嘍。你自己的行李要打包好，要按部就班地做好搬家的準備。」

自從祖父過世後，幾乎每天都會到家中來的姑姑，這天終於告知他搬家的確切日期。

對於個性開朗樂天的姑姑，目前林太郎還不必太過費心與她應對。姑姑個頭嬌小，身材豐腴，模樣討喜，坐進白色的飛雅特裡，顯得有些擁擠，這令林太郎聯想到老舊繪本裡出現的森林小矮人。

但不同於這樣的外貌，姑姑做起事來，倒是出奇地俐落幹練，祖父房間的整理工作也進行得很順利。

『如果一直窩在房間裡，過著這種封閉的生活，就連心情也會變得沮喪。』

林太郎也明白，這句話是姑姑對他的關心。他也很清楚，不可能一直這樣茫然地窩在書店裡。但林太郎覺得自己現在仍留在某處，裹足不前。

當他目送姑姑的車子離去時，正好從道路對面發現放學返家的班長身影，林太郎有種就此獲救的心情。

「宅男竟然也會走出戶外，眞是難得呢。」

沙夜踩著平時的輕快步伐走近。

「放學回家啦？」

「放學回家？才不是呢。你又擅自蹺課了，到底在幹什麼啊你。」

班長強悍的目光，正因爲毫無顧忌，反而令林太郎感到愉快。

林太郎爲了轉移話題，急忙望向馬路前方。

「是我姑姑來了。她叫我該開始準備搬家了。聽說後天搬家公司的人就會來。」

「後天？」

沙夜就像是感到措手不及般，皺起了眉頭。

「因爲我爺爺過世也快一個禮拜了。我姑姑認爲，不能老是放著一個不諳世事的高中生不管。」

「你還是老樣子，好像事不關己似的，總是那麼冷靜。」

「其實也不是冷靜啦……」

「你又自己一個人想東想西。要是不偶爾停止思考，小心你的腦袋過熱喔。」

面對搶先將他一軍的沙夜，林太郎只能苦笑。

「柚木，這段時間都麻煩妳這樣專程送聯絡簿來，今天應該是最後一次了。」

「我才不是來送聯絡簿的呢。」

沙夜將夾在腋下的書舉向林太郎面前。

「非常有趣。」

沙夜這句話令林太郎大爲吃驚。

「妳看過啦？」

「看過了。拜它之賜，我接連兩天嚴重睡眠不足。」

雖然一副很困擾的口吻，但眼角卻掛著笑意，視線望向店內。

「告訴我下一本書是什麼吧。如果你只剩兩天就要搬家，那我倒是可以先買兩、三本書回家。」

沙夜很直率地說道，也不等他回答，就直接走進書店。

急忙朝沙夜身後追去的林太郎，在走進門內時，差點便撞上突然停步的沙夜。

「柚木？」如此詢問的林太郎，望向店內深處，頓時明白是怎麼回事。

「挺青春的嘛，第二代當家。」

說這句話時，臉上沒帶半點笑意的，是一隻身上有三種花色，翡翠色眼瞳熠熠生輝，體格結實的虎斑貓。

背對著散發銀光的書架迴廊，顯得一派悠閒。

「看你還是一樣閒來無事，眞是太好了。」

「眞不巧，我正忙著準備搬家呢。」

「這謊言說得也太不高明了。我看你根本都還沒準備嘛。」

虎斑貓輕輕鬆鬆便化解了林太郎的回擊，微微轉頭面向沙夜，這次改爲客氣地低頭行禮。

「能再見到您，眞是倍感光榮。第二代當家平時承蒙您關照了。」

「哪裡。」沙夜如此應道，非但沒顯得不知所措，甚至很樂在其中。如此高超的適應能力，確實是位能力過人的班長。

「本以爲再也沒機會見到你了呢。」

「見不到比較好嗎？」

「不，能見到你，我很高興。因爲上次我也覺得很開心。」

這句眞實無僞的話語，虎斑貓似乎覺得很有意思，貓鬚爲之一抖，但牠翡翠色的雙眼旋即朝向林太郎。

「多棒的一位千金小姐啊。與你這位想法消極、欠缺決斷力和行動力的小鬼相比，實在是天差地遠啊。」

「這我不否認，但就算如此，也不能容許你非法入侵。每次你都從牆壁對面出現，嚇人一跳，感覺實在很不舒服。」

「這點不勞你操心。」虎斑貓以超然的態度回應。「這次是最後一次了。」

「最後一次？」

沒錯——虎斑貓如此應道，隔了一會兒才又接著說：

「我希望再一次借助你的力量。」

貓低沉的聲音響遍店內。

「這是最後一座迷宮。」
走在被銀光包圍的書本迴廊上，虎斑貓以不帶情感的聲音說道。
兩側的牆壁都是一路相連的高大書架，頭頂是一盞盞零星出現的電燈，林太郎和沙夜默默走在這條不可思議的迴廊上。
「之前你解放了許多書本，我非常感謝你。」
「怎麼突然正經地道起謝來了？」
這番話很不像這隻毒舌的貓先前的作風，林太郎冷靜地與牠保持距離。
「就像事先為離別做準備似的。」
「倒也不是完全沒這個意思。」
聽虎斑貓這種拐彎抹角的回答方式，林太郎很無奈地嘆了口氣。
「之前出現時那麼突然，嚇人一大跳，現在要離去了，一樣什麼話也不必多說是嗎？」
「這也是無可奈何的事。貓這種生物在行動時，向來都不會考慮人類的立場。」
「至少我所知道的貓不會像你這般毒舌。」

「眞是個見識淺薄的男人。像我這種程度的貓，這世上多得是。」

虎斑貓頭也不回地如此說道，林太郎爲之苦笑。

「以後再也沒機會像這樣聽你單方面口出狂言，還眞有點遺憾呢。」

「你別急。這一切都得等我們克服這座迷宮之後再說。」

虎斑貓突然停下腳步，轉頭望向林太郎，眼神無比認眞。

「第三座迷宮的主人有點不好對付。」

此話一出，虎斑貓翡翠色雙眸的目光同時從林太郎臉上轉往沙夜。原本在一旁默默聆聽的沙夜，面對那突然朝她投射而來的視線，忍不住皺起眉頭。

「怎麼了？」

「這名最後的對手，和之前那兩人不太一樣。」

「你的意思是說，這次很危險，要我回去嗎？」

虎斑貓沒直接回答，只是微微瞇起眼睛。

「很難看出此人會採取何種行動。第二代當家應該會更加擔心妳的安危吧。」

「小貓，這次你也會幫夏木的忙吧？」

「不。」

「不？」

「對我來說，妳的存在完全是意料之外。但我不認爲這是偶發事件。」

聽到這不可思議的回答，沙夜和林太郎不禁面面相覷。

「妳會出現在這裡，可能有特別的意義。我不希望趕妳回去。」

「喂……」反倒是林太郎慌了起來。

但虎斑貓不予理會，突然向沙夜低頭鞠躬。

「萬一發生什麼事，第二代當家就有勞您多多關照了。」

牠的聲音雖然低沉，卻剛強有力，在這闃寂的迴廊裡傳了開來。沙夜沉默了片刻，接著以更勝平時的迷人微笑回應。

「我這麼受你器重啊？」

「第二代當家腦袋並不壞。但偏偏在重要的時候，會因爲受到震懾而施展不開。很不可靠。」

「這我有同感。」

「竟然在當事人面前大放厥詞……」

林太郎好不容易才插話進來。

「不知道接下來會發生什麼事，妳沒必要陪同冒險，柚木。」

「如果是以前的我，聽你這麼說，或許會就此退出。但現在要是夏木你有什麼萬一，我也會很困擾的。」

林太郎因爲這句意想不到的話而說不出話來。沙夜見狀，露出調皮的微笑。

「這樣你就不能告訴我接下來要看哪一本書了。」

那開朗的聲音令虎斑貓莞爾一笑。

「很好。」

牠簡短地回應一聲，就轉身邁步向前。沙夜也毫不猶豫地緊跟在後。

林太郎爲之一愣，他根本毫無選擇。他急忙追向前，這時四周旋即籠罩在白光下。

當光芒散去後，眼前同樣是無從捉摸的怪異景象。

首先映入眼中的，是遮住前方視線的巨大灰牆。

四周是一大片維護得很周到的草皮，當中有一道白色階梯形成一道和緩的曲線，朝牆壁延伸而去。階梯抵達處，可以望見一扇大玻璃門，除此之外，全是單調至極的風景。

林太郎不經意地抬頭仰望，突然明白是怎麼回事。牆面有無數個並排的正方形窗戶。這座有衆多窗戶並排的高牆，就此融入頭頂上方數丈高的白色霧氣中。簡單來說，林太郎就站在巨大的高樓大廈底端。

仔細望向玻璃門後發現，上頭很刻意地印有「entrance」這行字。

「聽說那裡是入口。」

我們走——虎斑貓如此說道，毫不顧忌地走向入口。

來到門下方後，玻璃門無聲地朝左右開啓，迎接林太郎他們入內。同時走出一名女子，身穿潔淨的淡紫色套裝，朝他們行禮。

「歡迎來到世界第一的出版社『世界第一堂書店』。」

那是近乎完美的機械式聲音和機械式笑臉。而且還自我介紹，說是「世界第一」，未免也太粗神經了。

女子朝沉默不語的林太郎他們投以宛如貼在臉上的笑臉，看了完全不會讓人感到心情平和。

「可以請教尊姓大名以及來意嗎？」

「我叫夏木林太郎。來意是……想見社長一面。」

對於他隨口胡謅的回答，女子恭敬地行了一禮後，走向一旁的櫃檯，拿起話筒說了些話，旋即又回到林太郎面前行了一禮。

「讓您久等了。社長說他可以見您。」

她片面地告知後，也不等候回覆，便逕自走在前頭帶路。

「竟然肯見突如其來的訪客，難道會是一位個性直爽的社長？」

「夏木，虧你吃過這麼多苦，想事情卻這麼天真。說到社長，一般都是壞脾氣的禿頭胖子。」

沙夜那不留情面的偏見，令林太郎爲之震懾，只能跟在她身後走。

他們被帶到一條沒任何綴飾的筆直通道。腳下鋪的是擦拭晶亮的黑色花崗岩，像鏡子般映照出林太郎他們的身影。在一塵不染的黑色通道中央，鋪了一條形成強烈對比的紅地毯，女子快步走在地毯上。

不知走了多久，連距離感也變得模糊時，女子突然停下腳步。

「接下來換人帶路。」

仔細一看，紅色地毯前方站著一名身穿黑西裝的男子。

男子畢恭畢敬地朝林太郎鞠了一個九十度的躬。

「接下來不能攜帶包包或行李入內。」

男子以不帶情感起伏的聲音告知。

其實不用他說，林太郎他們手上也沒任何行李。男子也只是達到告知義務，也沒確認便直接轉身向前走。林太郎和沙夜互望一眼，改為跟在男子身後。

走了一會兒，這次前方站著一名身穿藍色西裝的男子。

雖然西裝顏色不同，但動作與穿黑西裝的男子沒任何不同，他同樣深深一鞠躬。

「接下來不能攜帶權威或頭銜入內。」

他如此說道，眉毛連動都不動一下。

達到告知義務後，他和穿黑西裝的男子一樣，直接轉身向前走。

「這是開玩笑嗎？」

「如果是能開玩笑的對象就好了。」

虎斑貓的回答實在教人無法安心。

跟在藍色西裝男子身後走了一會兒，接著等在前頭的，是身穿黃色西裝的男子。

「接下來不能攜帶惡意或敵意入內。」

他如此告知。
林太郎已懶得挑剔。
和身穿黃色西裝的男子繼續往前走，突然走出迴廊，來到一座開闊的大廳。
林太郎和沙夜同時發出一聲驚呼。
眼前是一處寬廣的圓筒狀空間，幾乎看不見頭頂的天花板。環視四周，發現大廳到處都有樓梯往頭頂上方延伸而去。它們在上空處複雜地交錯，一層又一層地形成空中迴廊，宛如蜘蛛網一般。
感覺就像是某種精密太空船的內部架構。
「走了這麼久，辛苦各位了。」
黃色西裝男子如此說道，指向前方。
紅色地毯一路往大廳中央延伸，那裡裝設了一座直直連往頭頂的大電梯。電梯旁站著一名穿紅色西裝的男子，林太郎他們走近後，男子照慣例恭敬地深深一鞠躬。同時電梯門開啓，出現一處四面都是玻璃的四角空間。
「社長正恭迎大駕，請搭乘電梯。」
在沒有高低起伏的聲音催促下，林太郎一行人正準備走進時，那名穿紅西裝的男子突然擋在虎斑貓面前，很有禮貌地深深一鞠躬。

「很抱歉，接下來不能帶貓狗進入。」

那機械般的聲音冷冷地傳開來。

林太郎和沙夜大為吃驚，但虎斑貓倒是不顯慌亂。不僅如此，牠還以銳利的眼神制止正準備提出抗議的林太郎。

「我說過，這次的對手不好對付。」

林太郎還想再說些什麼，但虎斑貓不予理會，目光轉向沙夜。

「還好有妳在。因為這位不可靠的第二代當家，自己一個人什麼事也辦不了。」

「……也許我就是為了這個才來的。」

沙夜面露苦笑，虎斑貓的翡翠雙眸也微微閃過一絲笑意。接著紅西裝男子就像要阻撓他們交談般，以不容分說的氣勢插話道：

「請按下頂樓的按鈕。」

雖然他說頂樓按鈕，但電梯內只有一個按鈕。在一塊大面板中央，就只有一顆刻意寫著「頂樓」的按鈕。

也就是說——

「沒有回來的按鈕。」

「意思是要好好做個了結，靠自己的力量回來是吧。」

林太郎微微嘆了口氣，接著望向外頭的虎斑貓。

沉默片刻後，他語氣平靜地說道：

「我很快就回來，夥伴。」

「看你的了，第二代當家。」

就像是虎斑貓堅定的聲音在背後推了一把，林太郎按下「頂樓」的按鈕。電梯門迅速關上，伴隨著一陣輕微震動，電梯就此往上滑行。

將紅西裝男子和虎斑貓拋在底下，往上滑行的電梯，旋即衝進布滿四周的空中迴廊。在包圍四周、無數直線交叉而成的幾何立體構造物中，一路提升速度往上而去。

放眼望去，這些縱橫交錯的樓梯上不見半個人影，感覺就像某種誇張的錯視畫。

「還好沒叫我們自己走上樓梯。如果得全程靠走的，肯定累翻。」

林太郎如此低語。

沙夜發現，這是林太郎爲了趕走令人喘不過氣的沉默，所極力展現的幽默，因而回以微笑。

「沒想到會這麼令人感到不安。」

「雖然牠是隻毒舌又老是趾高氣揚的虎斑貓，但有牠在，心情總是會比較好。就像俗話說的，雖是枯木，但好歹也能爲山林增添風情。」

「你這樣說，枯木會生氣的。」

兩人互望一眼，微微一笑。

電梯外逐漸轉暗。明明是在建築內，卻像太陽漸漸下山一般。窗外複雜的構造物陷入黑暗中，視野已看不到任何景致，這時連電梯是持續往上，還是已停止動作，都已分不清楚。

「一開始我是抱持著就算回不去也無妨的念頭。」

林太郎在近乎無意識下如此嘀咕道。

沙夜只是默默望著他的側臉。

「起初那隻奇妙的貓帶我走時，我心想，如果這是夢，那我就一直待在夢中別醒來也沒關係；如果這不是夢，就算回不來，那也無妨。」

林太郎微微手托眼鏡，就像在調整眼鏡位置般。

「不過，自從牠出現後，我也想了許多事。覺得我眼前所看到的景色有了些改變。」

「如果你自暴自棄的個性可以變得稍微積極一些，那就好了。」

沙夜那毫不客氣的回應，令林太郎面露苦笑。

「我承認自己的個性很消極，不過我不希望班長身陷險境的這份心是眞的。」

「這句話聽起來，感覺你好像時常向女生花言巧語呢。還是因爲看太多書，受到影響？」

「那我換個說法。我只是想說，把妳捲進這種奇怪事件裡，對妳很抱歉。」

「你這份操心是多餘的。因爲我很樂在其中呢。而且能看到你令人意外的一面，給我帶來不小的刺激。」

「令人意外的一面？」

「沒事。」

沙夜爽朗地應道，朗聲大笑。

沙夜腦中浮現林太郎在那奇妙的地下研究所裡，毫不畏懼地和那名白衣學者言詞交鋒的模樣。對沙夜來說，那是充滿震撼的一幕，當然了，林太郎自己毫無這樣的自覺。

林太郎正準備問個清楚時，突然感覺到電梯減速，接著旋即停止。

門無聲地開啓，門外是廣闊的昏暗空間。正因爲昏暗，所以不清楚有多寬敞，鋪在中央處的紅色地毯，就像要顯示去處般，筆直地往前延伸。位於前方的，是一扇厚重的木門，上頭有幾何圖案雕刻。

一扇顯得別有含意，壓迫感十足的木門。

「看你的了，夏木。」

「妳這樣說，我也沒把握啊……」

「沒問題的。」沙夜以沉著的聲音對士氣低迷的林太郎說道。「夏木，你其實比自己想的還要有膽識。只要是和書有關的事，你就完全不必害怕。因爲就連秋葉學長也對你另眼看待。」

突然提到這號人物，林太郎感到納悶。

「秋葉學長？」

「在學校裡，他都誇讚你呢。雖然他那略顯輕浮的模樣，我很不欣賞，但他不是個會說謊的人。」

沙夜這番話，就像萬里無雲的冬日晴空般爽朗。

一股暖意在林太郎體內擴散開來。說這是勇氣，略顯誇張了點，但這一定是類似勇氣泉源的一種情感。

沙夜白皙的手朝林太郎肩膀拍了一下。

「你可要安全地帶我回去喔，夏木。」

因爲她這一拍而邁出的前腳，踩向輕柔的地毯。

若說完全不會感到不安，是騙人的。

但林太郎雙眼直視前方。

此刻就是應該往前走——不知爲何，他有這份確信。

林太郎重重吁了口氣，筆直往前走去。

「你眞的很喜歡書呢。」

秋葉良太那發自內心感到折服的聲音，在林太郎耳中響起。

那是林太郎剛上高中，和這位優秀學長才剛認識不久的事。

對於這位大他一屆，不時會到夏木書店來的學長，林太郎總是與他保持距離。

因爲對方是籃球社的王牌，而且成績一直都是學年第一，在學生會裡也表現活躍，是一位才智過人的學長。對於整天窩在祖父的舊書店裡，過著低調生活的林太郎而言，他根本就是另一個世界的人。

如此了不起的學長，爲什麼會專程到夏木書店來呢？他也曾認眞問過此事。

秋葉以理所當然的模樣回答道。

「當然是因爲這裡有好書嘍。」

林太郎露出深感不可思議的神情，秋葉則是回以難以置信之色。

「你明明是這家書店的人，卻不懂它有多好，這樣眞是對不起你爺爺啊。」

秋葉如此說道，就此熱中地說起夏木書店的魅力。

這裡有許多世界名著。如果說這些書都是代表作，確實也是如此，不過它們已逐漸從市街上的普通書店中消失，要實際取得已愈來愈不容易。

「不過來到這裡一看，幾乎一應俱全。」

秋葉敲著眼前的書架。

「這裡沒有安德森（Sherwood Anderson）和詹森（Samuel Johnson）的作品，也是沒辦法的事，不過最近甚至連卡夫卡和卡繆的作品，有些也絕版，就連擺放莎士比亞作品的書店也不多了。」

如果問爲什麼，答案很簡單。

「因爲不好賣。」

令人失望的簡短回答。

「書店並不是義工。如果書賣不出去，就經營不下去。所以賣不出去的書逐漸消失。在這樣的時局下，這家舊書店就像是刻意將賣不出去的書上架似的，擺出的全是大部頭的書。不過，或許因爲是舊書店，才會陣容這麼齊全，不管怎樣，只要到這裡，就算沒能遇見稀世珍本，至少也能買到不錯的代表性作品。」

秋葉拍打著書架的木框說道。

還有——秋葉嘴角輕揚，望著林太郎。

「店內還有一位對於這些龐大的冷門藏書知之甚詳的引路人呢。」

「引路人？」

「這裡有康斯坦的《阿道爾夫[7]》嗎？之前我看網路上有人說，這是一部很有趣的短篇小說。在其他地方可不容易找到呢。」

有——林太郎頷首，從深處的書架上取出一本老舊的短篇小說。

「班傑明・康斯坦。採獨特的心理描寫，相當有名的一部作品。我猜是十八世紀的法國小說。」

秋葉沒馬上伸手拿那本小說，只是覺得好笑似的，來回打量著林太郎和那本書。過沒多久，他就像再也按捺不住，開心地朗聲大笑。

「你真的很喜歡書呢。」

那是與夏木書店很不搭調的開朗笑聲。

「歡迎來到『世界第一堂書店』。」

推開那巨大的木門時，室內響起這揚揚得意的聲音。

7 《Adolphe》，知名心理小說。

雖說是室內，卻是和學校教室差不多大小的一處大空間。天花板掛著巨大的水晶吊燈，地上鋪著幾乎能完全消除腳步聲的厚地毯，四面牆壁全掛著鮮紅色簾幕。

如此奢華的空間最深處，擺著一張泛著黑光的大書桌，桌子後面有個人影。他那一頭白髮令人印象深刻，是位身材清瘦，年近半百的紳士。

他個子矮小，整個人幾乎陷在豪華的旋轉椅內，身上整齊地穿著三件式西裝，雙手交握擺在桌上，平靜的眼神望向他們兩人。

「跟我原本的印象不一樣呢。」

沙夜悄聲道。

「既沒禿頭也不是胖子，這樣的社長眞奇怪。他該不會是假冒社長，其實是個神經質的中階主管吧？」

對於這充滿偏見的言論，林太郎只能苦笑。沙夜這種不懂得顧忌的個性，正是林太郎所欠缺的，看在他眼中顯得無比耀眼。

坐在椅子上的男子，抬起右手打招呼。

「請進。我是這家公司的社長。」

社長轉動抬起的右手，比向眼前的沙發。意思是可以坐向沙發，但是看到那毛茸茸的豪華沙發，他們兩人都不敢坐。不過社長倒也不以為意。

「你們專程來訪，真是不好意思。在前來這裡的路上，想必很辛苦吧。這裡離入口相當遠，而且安全措施嚴密。」

「我有位重要的朋友被拒於門外。」

「哦，」社長瞇起白眉底下的雙眼。「真抱歉，因為我不喜歡貓。」

「您怕貓嗎？」

「倒也不是怕。就只是不喜歡，尤其是聰明的貓。」

他臉上掛著平靜的微笑，接著突然像刀刃閃動寒光般，說出這句話來。

「雖然對來自夏木書店的客人很失禮，但這點尚請見諒。」

「您知道夏木書店？」

「當然。」

社長輕撫著削尖的下巴。

「那是一家擺滿了賣不出去的艱澀書籍，沉浸在自我滿足中，完全跟不上時代，氣氛沉悶的舊書店對吧。完全不必顧及義理、責任，也沒壓力，像你這麼輕鬆的身分，眞教人羨慕呢。」

社長莞爾一笑。

突然出其不意地宣戰。

這突如其來之舉，令沙夜爲之怯縮，但林太郎倒是毫不慌亂。因爲他打從一開始，就從男子那平靜的態度背後感受到奇妙的詭譎氣氛。當自己的夥伴虎斑貓被拒於門外時，他就知道對手絕非普通人物，這都在他的預料之中。

面對沉默不語的兩人，社長始終帶著笑臉和平靜的口吻，接著又往下說：

「因爲你來自那家古怪的舊書店，所以我很感興趣，特地接見你。想聽聽看你會怎樣胡言亂語……」

「你這屋內的裝潢，最好再多想想。」

林太郎突然冒出這句話來，男子一時似乎不知如何回答。

「裝潢？」

「掛著這種看了令人頭疼的閃亮水晶吊燈，或是鋪設這種悶熱的地毯，以此向客人炫耀的態度，只能用品味低俗來形容。如果你這不是在開玩笑的話，最好早點換掉。」

社長臉上一樣掛著微笑，不過白色的眉毛微微顫動。

但林太郎仍自顧自地往下說：

「說出這麼失禮的話，很抱歉。不過我爺爺說過，對一位行徑怪異的人，就該清楚地告訴他怪在哪裡，即使會惹來對方的敵意也無妨，這樣才是有良心的行為。這樣的裝潢實在很糟糕，令人目不忍睹。」

「喂，夏木……」

連沙夜聽了也都慌張起來，連忙出聲制止，林太郎這才住口。

連林太郎自己也覺得，這種擺明著要和人吵架的態度，很不像他的個性。

原本就算被人當傻瓜看，被人瞧不起，林太郎也都不會興起反抗心。而他現在卻很明確地嘗試反擊。理由很清楚。因爲被嘲笑的不是他自己，而是夏木書店。

這名年近半百的社長一動也不動，僵持了半晌，接著才微微嘆了口氣。

「看來是我看走眼了。我不知道夏木書店竟然有這麼一位氣概過人的少年。」

「我不知道什麼是氣概。我就只是喜歡書而已。」

「原來如此。」

社長動作優雅地點了點頭。

點完頭，思索片刻後，他對林太郎投以平靜的目光。

「喜歡書是吧。這可傷腦筋呢。」

社長語氣平淡地說完，伸出纖瘦的手臂，按下桌上一個大按鈕。旋即發出一個低沉的機械聲響，原本遮住牆面的紅色簾幕緩緩開啓。

除了林太郎他們剛才走進的背後那面牆外，其他三面牆的簾幕一起移動，外頭的亮光就此照進室內。

起初林太郎因光線刺眼而瞇起眼睛，沒能準確掌握眼前的狀況。

他們此時所在的位置，似乎是面向超高樓層大樓窗戶的一個房間。從窗戶可以望見四周也聳立著好幾座類似的大樓。

從大樓的窗戶頻頻吐出某些白色的東西，像雪花般飄然落向地面。

待眼睛習慣光線後，林太郎聽見沙夜發出「啊！」的一聲尖叫。同時他也明白窗外的景象是怎麼回事，爲之倒抽一口冷氣。

朝空中撒落，像雪花般的東西，全是一本一本的書。

陸續從大樓窗戶拋出的無數書本，在強風吹襲下，左搖右擺地朝大地散落。有些大樓甚至因爲紛飛的雪花而顯得模糊，如果這些雪花都是書本的話，那數量遠超乎常理所能想像。

不光是空中。往下俯視，眼前同樣是難以置信的景象。放眼望去，地上是成千上萬書本堆疊而成的書本荒野。

林太郎和沙夜看傻了眼，在他們的視野中，有書本就往他們伸手即可觸及的窗戶外頭掉落。也就是說，林太郎他們所在的這棟大樓，也有書本被拋出窗外。

「這樣明白了嗎？」社長伴隨著平靜的微笑問道。

「不明白。只知道這是很糟糕的景象。」

「這是目前的現實世界。」

林太郎爲之無言。

「這棟建築是當代最大的出版社，每天都朝這片大地出版多如繁星的書本。」

「但看起來只像是無意義地吐出一疊紙，白白製造垃圾。」

「因爲這就是現實。」

社長很灑脫地回答道。

「這裡是天下第一的大出版社。每天印製出堆積如山的書本，然後向社會銷售。賺得的利潤再印製更多書本，然後再銷售出去。不斷地販售，累積更多利潤。」

社長那戴著閃亮戒指的手，猶如在模仿窗外掉落的書本般，在空中翩然舞動。

林太郎極力想理解眼前的景象，並發問道：

「就算這是玩笑，也一點都不好笑。書不是用來丟的，是用來看的。」

「你太天真了。」

社長隨手拿起桌上的一本書。

「書是消耗品。思考如何有效地讓世人來消費這樣的消耗品，就是我的工作。如果只會說喜歡書，便無法勝任這項工作。畢竟……」

社長突然轉動他那張大旋轉椅，將一旁的窗戶打開，冷冷地抛出手中的書。在窗外飛舞的書，像是突然想到了什麼，在空中打開來，但之後便從視野中消失。

「這就是我們的工作。」

林太郎頓時明白。

虎斑貓所說的「這名對手和之前那兩人不太一樣」這句話的含意。

之前在迷宮遇過的那兩人，不管行徑再怪異，但終究還是喜歡書，算是愛書人士。不過眼前這名男子，對書卻沒半點感情。別說感情了，甚至把書當垃圾看待，完全不以爲意。

虎斑貓說過，完全猜不出他會怎麼做，指的就是這個意思。

「不要緊吧，夏木？」

突然傳來沙夜的聲音。

林太郎望向一旁，發現這位同學正朝他投以堅定的目光。

林太郎朝沙夜頷首，再次與坐在豪華旋轉椅上的男子面對面。

「因為朋友拜託我解救書本，我才來到這裡。」

「解救？」

「沒錯。我想，意思應該是要我阻止你。」

「多愚蠢的發言啊。剛才我也說過，這是我的工作。說什麼解不解救的，你搞錯方向了吧。」

「可是你根本就把書當紙屑看待。如果做書的人是這種態度，那看書的人什麼也感受不到。原本看書的人就已經愈來愈少了。現在再加上你這種立場的人採取這種態度，人心會離書本愈來愈遠，看書的人也會更加減少，不是嗎？」

林太郎極力想切入核心，但那名白髮蒼蒼的社長卻不為所動。

他白眉底下的雙眼缺乏情感起伏，無法讀取他的心思。而且他嘴角始終掛著平靜的微笑，更加營造出無從捉摸的氣氛。

沉默半晌後，社長那纖瘦的肩膀突然微微顫動。接著那細微的顫動旋即變成大動作的搖晃，就像要爆炸似的，社長突然縱聲大笑。

哈哈哈哈——不帶情感的朗笑聲響遍室內。

在看傻眼的林太郎和沙夜面前，社長笑了半晌之久，接著像是極力忍住不笑，他左手抵著頭，右手朝桌面拍了兩、三下，這才好不容易再度開口。

「你可眞傻。」

話語中藏著冷酷，彷彿要藉由笑聲的掩護將人大卸八塊。

「不，只光說你一個人傻，並不公平。像你所說的這種誤會，早已在世人之間散布開來。」

「……誤會？」

「這是嚴重的誤會。哪裡誤會是吧？書賣不出去，就是誤會。」

社長再度哈哈大笑，接著說道：

「現今這個時代，說什麼書賣不出去，這根本就是胡說。書非常好賣。事實上，『世界第一堂書店』，今天一樣生意興隆。」

「你這是在諷刺嗎？」

「不是諷刺，而是事實。賣書其實非常簡單。只要秉持一個單純的原則就行了。」

林太郎受對方的氣勢震懾而沉默，社長一臉開心地望著他，像要公開他拿手魔術所用的手法，小小聲地說道：

「那就是『專賣暢銷書』。」

好奇怪的一句話。

這句話雖怪，當中卻帶有奇特的影響力。

「沒錯。」社長微笑道。

「這裡出版書籍，並不是爲了要傳達什麼，而是出版『社會所要的書』。說什麼應該向大衆發送的訊息，該留傳給後世的哲學和殘酷的眞相、難懂的眞理，這些一點都不重要。社會根本不想要這些東西。出版社需要的，不是『應該向這世界傳達什麼』。而是需要了解『這世界想要我們傳達些什麼』。」

「或許吧……你這番話相當危險。」

「光是可以發現它的危險，或許就能證明你很優秀。」

社長笑著拿起桌上的香菸，從容地點燃了火。

「但它是眞理。實際這麼做了之後，我們公司的業績也不斷提升。」

冉冉而升的紫煙後面，有無數的書本悄然無聲地飄落。

「如果你是在夏木書店長大，那你應該會知道。現代人因爲太過忙碌，沒時間也沒閒錢浪費在那些厚重的文學傑作上。不過以社會狀態來看，閱讀還是很有魅力，每個人還是會很積極地想用一些有點深度的書，來爲自己乏善可陳的履歷表點綴，讓它顯得好看一點。考量到這些人所要的需求，我們投入做書的工作。」

簡單來說——社長突然往前探頭。

「那些看起來很沒價值，講摘要和大綱的書，賣得特別好。」

哈哈哈——社長一派輕鬆笑得雙肩晃動。

「對於那些只想要追求刺激的讀者，最適合給他們露骨的暴力或性行爲的描寫。而對於那些欠缺想像力的人，只要在書中加上一句『這是眞實的故事』，馬上便可提高數成的發行量，銷量也會跟著大增，一帆風順。」

林太郎逐漸感到噁心作嘔。

「至於那些怎樣也不想看書的人，只要將單純的資訊整理成條列文字，這樣就行了。例如想要成功的五個條件、想要出人頭地的八大心法，就像這樣。他們直到最後都不會發現，自己就是因爲看了這種書才無法出人頭地。但我們賣書的最大目的，卻順利達成了。」

「請別再說了。」

「我還要說。」

社長回答的聲音不帶任何感情，感覺室溫驟降足足有兩度之多。

林太郎明明感覺到一股毛骨悚然的寒氣，但額頭卻微微冒汗。

社長微微轉動椅子，斜向回望林太郎。

「你認爲有價值的書，和世人想要的書，其實存有很大的差距呢。」

他眼中閃動著憐憫的光芒。

「請試著回想。夏木書店有客人來嗎？現在這個時代還有人看普魯斯特或羅曼．羅蘭嗎？有誰會花大把鈔票買那種書？大部分讀者想從書裡得到什麼，你應該很清楚吧？輕鬆、廉價、刺激，這些讀者們想要的東西，使得書本逐漸改變其樣貌。」

「若是這樣……」林太郎極力找尋回應的話語。「書本只會愈來愈瘦。」

「書本愈來愈瘦？眞有趣的說法。不過，就算你採用這種詩意的說法，書也不會因此而暢銷。」

「不應該只是一味地追求暢銷。至少我爺爺始終都堅持自己相信的做法，不曾讓步。」

「這麼說來，是要擺滿賣不出去的書，和世界名作一起死嗎？就像夏木書店那樣。」

林太郎皺起眉頭，回瞪對方。

但他也只能回瞪。

「眞理、倫理、哲學，沒人感興趣。大家都對生活感到疲憊，只想追求刺激和療癒。而書本爲了在這樣的社會中生存，也只能改變其原本的樣貌。我就直說吧。能否暢銷，就代表了一切。不管再好的傑作，如果賣不出去，一樣會從這世上消失。」

林太郎微感頭暈，手抵向額頭。他緩緩將手托向鏡框，卻無法像平時那樣，展開清晰的思考。因爲對方說的話，完全出乎林太郎的意料。

如果是要談書的魅力和價値，林太郎自認可以聊上許久。

但眼前這名男子所談到的書本價値，卻是林太郎從未想過的事。打從一開始，他們所關注的世界就完全不同。

「沒問題的，夏木。」

突然傳來沙夜的聲音。

林太郎左手感覺到一股強而有力的氣息，於是轉頭望向一旁。不知何時來到他身旁的沙夜，正緊握住林太郎的手臂。

「沒問題的。」

「可是我覺得問題很大呢。」

「一樣沒問題的。」

沙夜靜靜注視著坐在書桌對面的男子，不爲所動。

「他說的話不太對勁。這點可以確定。」

「我也覺得不太對勁。但又有幾分道理。」

「這不是有沒有道理的問題。」

沙夜更加清楚地說道。

「我不懂什麼道理或邏輯。不過那個人說的話很不自然。」

林太郎爲之一驚，望向沙夜的側臉。

同一時間，之前虎斑貓說過的話在他腦中響起。

『在這座迷宮裡，眞實的力量最爲強大。但並非所有都是眞實，當中一定存有謊言。』

一點都沒錯，林太郎暗自頷首。

男子說的話太過激進，林太郎一時爲之震懾。確實帶來很大的衝擊，但當中確實也隱約感到有哪裡不太對勁。

林太郎再次伸手托起鏡框。

「想什麼都是白費力氣，夏木林太郎小弟。」

社長那悠哉的聲音響起。

這聲音傳來的同時，抽菸呼出的濃煙升向空中。

「你還年輕，也會有不想接受的現實吧。不過我很清楚這社會的結構。決定書本價値的，不是你感動的深淺，而是發行量。換句話說，現今錢幣是一切價値的裁定者。忘了這項規則，只知一味朝理想邁進的人，只會逐漸與社會脫節。說來可悲。」

那是像在諄諄教誨般，具有獨特磁性的嗓音。

這明顯是想要打斷林太郎的思緒。但沙夜的手緊緊握著林太郎的手臂，就像在一旁支持他。

社長露出平靜的微笑。

林太郎極力思考。

駛進大海的思考之船，因爲社長的笑聲和令人感到不舒服的菸味，徬徨於這片茫茫霧靄中。儘管徬徨，但林太郎還是努力往前划。他始終沒放棄前進。

「夏木書店確實是一家古怪的舊書店。」

林太郎回望那名坐在大書桌對面，展現壓倒氣勢的談話對手。

「來店的客人少，也賣沒幾本書。但它是一處很特別的場所。」

「有個名詞叫失望。」社長很刻意地搖著頭。「這是很符合我此刻心境的名詞。你個人的感傷，根本就無關緊要。」

「這並非我個人。來到店裡的人們，都和我有同樣的感受。在這家小小的舊書店裡，充滿了我爺爺特殊的情感，只要一跨過門檻，每個人都感受得到。所以它才會是個特別的場所。」

「眞是既模糊，又抽象。你這樣說，沒人會認同的。可以的話，能針對你爺爺特殊的情感，做更具體的描述嗎？」

「我沒必要告訴你。因爲他和你一樣。」

林太郎極爲平靜地拋出這句話，社長就此停止動作。社長就這樣靜止不動，遲遲沒有下一個動作。

從社長手指間升起的白煙慢慢變細，接著中斷。

社長微微眯起眼睛，動起了雙唇。

「我不太懂你這句話的意思。」

「你說謊。」

男子的白眉爲之一震。

「你剛才說過，書是消耗品，如果只會說喜歡書，便無法勝任這項工作。」

「我是說過。」

「你說謊。」

林太郎強而有力的聲音響起。

菸灰掉進菸灰缸。

「你剛才不是說了嗎？爲了活下去，書只能改變原本的樣貌。也就是說，你也希望書能活下去，不是嗎？如果你眞的認爲書只是消耗品，應該就不會說這種話。」

「眞虧你講得出這種歪理。」

「因爲這種歪理正是重要之處。如果你眞的把書當作紙屑，大可不做這項工作。但你卻竭盡全力將書改造成能存活下去的形態。你喜歡書，所以才努力坐在這個位子上。和我爺爺一樣。」

在林太郎聲音中斷的同時，一陣沉默籠罩現場。

室內鴉雀無聲，只有書本無聲地掉落，讓人想起窗外的情況。散落的書明顯減少許多。

社長朝林太郎凝望良久，接著緩緩轉動椅子，望向景致荒涼的窗外。

「你怎麼說都行。」

最後社長口中說出這句話。

「我不能改變我的論點。不論我抱持何種想法，都還是得正視現實環境才行。書變得愈來愈瘦，人們群聚湧向變瘦的書，而書也想回應群聚湧來的人們。這樣的循環沒人可以阻止。任憑你有再特別的想法，到夏木書店光顧的客人還是不斷減少，這是最有力的證據，不是嗎？」

「請不要自己妄下斷言。」

室內響起氣勢十足的爽朗聲音。

社長和林太郎同時望向發話者。

緊握林太郎手臂的沙夜，以她慣有的充滿活力的聲音說道：

「說什麼夏木書店的客人不斷減少，請不要自己妄下斷言。店裡有像秋葉學長這種個性不佳，但頭腦很好的常客，現在連我也成了店裡的客人呢。」

這不是值得向人誇耀的事。儘管如此，沙夜的聲音卻顯得無比灑脫、強而有力。

「不過……」社長不為所動。「光這麼點客人，生意根本經營不下去。書賣不出去，那就沒意義了。書店並不是慈善事業。」

「那麼，要賺多少錢你才滿意呢？」

「賺多少錢？」

聽聞林太郎那意外的提問，社長微微睜大眼睛。

「我爺爺常說，只要一談起錢的事，就會沒完沒了。如果有一百萬，就會再想要兩百萬。有一億就會想要兩億。所以別談錢的話題，改談今天看過的書吧。我也不認為書店就算沒賺錢也無所謂。但我知道有哪些事和賺錢一樣重要。」

將心頭浮現的話一一坦白說出。不是擺出要辯倒對方的態度，也不是要向對方說教的口吻。就只是傳達自己想法的對話。

「如果你是位出書的人，就算世事再怎麼不如人意，也不該說書是消耗品。應該更大聲地說自己喜歡書才對。」

不是嗎？林太郎如此詢問，社長一動也不動地回望他。

他雙手交握置於膝上，就像在看什麼耀眼之物般，瞇起眼睛。

「如果我這樣說，會有什麼改變嗎？」

「會的。」林太郎馬上回答。「只要你說自己喜歡書，就再也無法出版自己不喜歡的書了。」

社長微微瞪大眼睛，嘴角微動。

需要花點時間才會發現那是苦笑。

不知何時，窗外已沒有書本飄落。宛如時間就此停止，一切都籠罩在寂靜下。

「這種生存方式會很辛苦呢。」

社長好不容易做出這樣的回應，正面凝視著林太郎。

林太郎並未別開目光。

「說書是消耗品，卻還坐在這個位子上，同樣很辛苦。」

「原來如此……」

社長小聲地喃喃自語時，突然房門開啓，走進櫃檯那名女子。

時間快到了——女子如此告知，但社長手一抬，要她退下。

社長仍舊保持沉默，一動也不動，接著他緩緩抬起右手，指向房門。那名女子剛才走出的那扇厚重的門，這次無聲地往左右開啓，通往電梯的紅色地毯映入眼中。

社長始終沒留下隻字片語。

林太郎與沙夜互望一眼，接著緩緩背對書桌，邁步離去，這時背後傳來一個聲音。

「祝你一切順利。」

林太郎回身望向坐在桌子對面的男子。

一雙白眉底下閃著亮光的雙眸，仍舊滿溢著看不出其內在情感的平靜光芒，回望林太郎。

隔了一會兒，林太郎應道：

「您也是。」

或許是沒料到他會這樣回答，社長微微睜大眼睛，接著嘴角輕揚。

看得出那是意想不到的溫柔苦笑。

「辛苦了。」

在四周包覆著銀光的書架迴廊上，響起一個熟悉的低沉聲音。

走在前頭的虎斑貓，轉頭望向林太郎。

「看來你好像搞定了。」

「我也不清楚，總之，最後社長是笑著送我們離開。」

「這就夠了。」

虎斑貓頷首，靜悄無聲地邁步前行。

銀光、填滿兩側牆壁的無數書本、零星的電燈。那不可思議的光景，如今已是看慣的景象。在虎斑貓的引導下，林太郎一行人走在熟悉的書架迴廊上，踏上歸途。

簡短說了幾句慰勞的話之後，虎斑貓便沒再多言，一直默默走著。沉默反而訴說了更多。

「你之前說過，這是最後一次對吧？」

林太郎語帶顧忌地問道。

「沒錯。」虎斑貓如此應道，停下腳步時，他們已不知不覺來到了夏木書店中。先前所走的那段漫長路宛如不曾存在般，就這樣回到了家中。

帶領兩人回到店內的虎斑貓，就此一個轉身，穿過林太郎和沙夜腳下，往迴廊走去。

沒留下半句特別的問候。林太郎不由得開口道：

「你要走了嗎？」

「我非走不可。」

虎斑貓轉過身來，深深一鞠躬。

「託你的福，就此解放了許多書。謝謝你。」

站在布滿銀光的書本迴廊中，一隻貓低著頭，一動也不動。

儘管牠的模樣很不符合現實，卻傳達出無比真摯的情感，令林太郎無言以對。

「你完全靠自己的力量克服了那三座迷宮。我的任務到此算是結束了。」

「結束……以後無法再見面了嗎？」

急忙在一旁插話的，是沙夜。

「無法再見面，也沒必要再見面。」

可是——話說一半的沙夜，望向一臉困惑的林太郎。佇立原地，沉默不語的林太郎，旋即重重嘆了口氣，並開口道：

「如果真的就此別離，那我想說句話。」

「要說什麼儘管說。不管是怨言也好，臨別時的撂狠話也好，完全不必客氣。」

「其實也沒什麼。就只是想跟你說一聲『謝謝』。」

語畢，林太郎行了一禮。

聽到這意外的話語，沙夜就不必說了，連虎斑貓也大為吃驚。

「你這是拐了個大彎在調侃我是嗎？」

「怎麼可能。」林太郎抬起頭來，面露苦笑。「我其實心裡多少也明白。」

「明白？」

林太郎朝一臉詫異的虎斑貓頷首。

「你出現在我面前，說是為了解救書本，要借助我的力量。但我認為其實不是這樣。」

虎斑貓並未因林太郎這番話而動搖，就只是以翡翠色的雙眸靜靜望向他。

「在爺爺過世那天，我心裡覺得一切都無所謂了。我父母都已不在身邊，連爺爺也過世了，這實在太不合理，所以我對一切都感到厭倦，變得自暴自棄。這時你突然出現在我面前。」

林太郎搔著頭，掩飾自己的難為情。

「如果你沒出現的話，我一定連像這樣面露笑容站在這裡都辦不到。雖然是你說要借助我的力量，但其實是我借助了你的力量。」

林太郎回望虎斑貓，隔了一會兒又接著說：

「是你強行將整天宅在書店裡的我帶了出來。我要謝謝你。」

「宅在書店裡是無所謂。」虎斑貓以低沉的聲音應道。「我們擔心的，是你一直封閉在『自己的殼』裡。」

「自己的殼……」

「你要破殼而出。」

那低沉的聲音，以直達體內深處般的響聲回應。

「不可以向孤獨屈服。你並非孤伶伶一人，有許多朋友在守護著你。」

不可思議的一句話。

雖然這番話充滿堅毅，卻是滿含溫情的道別。

林太郎將許多問題吞回肚裡，只是靜靜地回望。

祖父過世至今，只經過短短數天。但這段憂鬱的日子，卻因爲和這隻奇妙的貓一起度過而充滿開朗。這不就是這隻神奇的貓帶給他的最大贈禮嗎？

這不是道理說得通的事。心中的疑問也完全沒得到解決。最重要的是，儘管心裡滿是疑問，卻又不知該從何問起。所以……

「我要先跟你說聲謝謝。」

「你這態度値得嘉許。」

虎斑貓嘴角輕揚。

牠臉上掛著笑意，優雅地行了一禮後，就此轉身。縱身躍進受淡淡銀光包覆的書架迴廊內，以疾風之速往前奔去。

林太郎和沙夜就只是默默目送牠離去的背影。

虎斑貓頭也不回地離去。

當牠的身影融入那柔和的銀光中時，兩人猛然回神，發現擋在他們眼前的是舊書店的壁板，一切都顯得如此理所當然。

明明沒有客人，卻響起清亮的門鈴聲。

第四章

最後的迷宮

以外型渾圓的白色茶壺朝慣用的 WEDGWOOD 茶杯倒入熱茶，頓時揚起阿薩姆紅茶的溫潤香氣。

一旁擺著一塊方糖和一整杯牛奶。

以銀湯匙輕輕攪拌後，畫出和緩的弧線擴散開來的白色圓圈，轉瞬間溶解其中。手執茶杯品嘗時，當真是最幸福的時刻。

林太郎心滿意足地頷首。

「變得厲害多了。」

他指的是泡紅茶這件事。

早上打掃完書店後，泡一杯紅茶，這是祖父每天的例行公事。他仿效爺爺做了一星期後，覺得自己現在也泡得有模有樣了。

「小林！」

突然傳來一個高亢的聲音，林太郎轉頭望向門口。

背對著明亮的門外光線，一名模樣和善的圓臉婦人往內探頭。

「今天是搬家的日子喔。準備好了嗎？」

還是叫我小林——林太郎暗自苦笑，擱下茶杯，轉身面向門口。

套著一件白色圍裙的姑姑，應該已年過五十，但她不僅體態豐腴，模樣討喜，整個人呈現的氣質和言行也都顯得很年輕。

今天感覺天空布滿烏雲，但外頭卻莫名的明亮，應該不全然是因爲店內光線昏暗的緣故。似乎是姑姑那開朗的氣質，使得這室內讓人通體發冷的寒氣也變得開朗溫暖。

「姑姑，您之前說，搬家的卡車下午來是嗎？」

「小林，你也眞是的。」姑姑露出拿他沒轍的神情。「對姑姑不必用『您』來稱呼。叫得我都跟著全身緊繃了。」

她的聲音充滿朝氣，沒半點挑剔的意思。

往外一看，姑姑的愛車飛雅特 500 就停在店門口。姑姑坐進那輛別致的進口車內，顯得備受拘束，那模樣透著滑稽，讓人心底升起一股暖意。

「姑姑要去採買，你有沒有想要什麼？」

她將豐腴的身軀擠進小小的車內，如此問道。

「我中午前會回來，不過我會幫你買好午餐，你不用擔心。小林，你要好好準備喔。」

姑姑精力充沛地交代，林太郎只有點頭苦笑的分兒。不過姑姑在握向方向盤時，突然停下動作，抬頭望著姪子的臉。

怎麼了嗎——林太郎問。

「沒什麼，只是覺得小林你給人的感覺變得不太一樣。之前喪禮時，你表情凝重，感覺好像會跑到某個地方，就此消失不見，所以我很擔心。不過照現在這樣看來，你不像我想像中那麼膽小。啊，這算是我的誇獎方式。」

「我沒問題的。」林太郎盡可能擠出開朗的表情回答。「雖然不是全都沒問題，但大致上還行。」

對於這不太可靠的回答，姑姑微微一笑，接著突然叫了聲「哎呀」，仰望天空。

林太郎也跟著抬頭仰望，微微睜大眼睛。

「是雪。」

傳來姑姑感慨良深的聲音。

從覆滿灰雲的天空，無聲地飄落宛若白色棉絮的雪花。儘管沒有陽光，但整片天空在雪的亮光籠罩下，照得四周無比明亮。有幾名行人也停下腳步仰望天空，覺得很稀奇。

「好棒的一場雪啊。整個人都跟著興奮起來了。」

像少女般說出這樣的話，卻完全不會讓人覺得很不搭調，姑姑果然與衆不同。

「今晚我會買蛋糕回來，敬請期待喔，小林。」

「蛋糕？」

「你也眞是的，今天不是耶誕夜嗎？」

姑姑那興奮的聲音令林太郎感到吃驚。

自從祖父過世後，他完全忘了注意日曆上的日期。

他驀地望向街上的馬路，發現行道樹和住家的屋簷，都掛上不同於平時的華麗燈飾，閃閃發亮。不論是住家還是行人皆打扮得很講究，就只有林太郎和夏木書店沒看出周遭的氣氛，一樣不解風情地坐鎭原地。

「還是說，你計畫要和迷人的女朋友一起共度？」

「我才沒女朋友呢。」

「開玩笑的啦。」

發出開朗笑聲的姑姑，豪氣地發動引擎，輕快地說了一聲「那待會兒見嘍」，駕著飛雅特離去。

已開始有宅急便的摩托車在馬路上奔馳，還不時可以看到像是要參加社團晨練的高中生。雖說今天是耶誕夜，但林太郎並沒有什麼特別感傷的回憶或心思，但如果這看慣的景色，今天是看最後一眼的機會，那就無法對此漠不關心了。就連隨風飄飛的雪花，似乎也別具含意，林太郎在原地佇立良久。

祖父過世至今，已即將滿一星期。雖然時間很短暫，卻感覺已過了很長一段時間，這是因為他遭遇了許多不可思議的事。在這眾多記憶中，至今仍遺留在林太郎腦中的，全是最後朝他莞爾一笑的那隻虎斑貓的笑容。

目送那隻皮毛蓬鬆的貓離去，已是兩天前的事。之後他一直忙著準備搬家，那面看慣的壁板始終都維持原樣。

沙夜可能也很在意牠吧，放學回家都會順道繞來書店喝杯紅茶。她會和林太郎聊她正在看的斯湯達爾寫的書，但她其實眞正在意的，是那隻奇妙的虎斑貓吧。

如果說林太郎自己都毫不在意，那當然是違心之言。

不過，時間不斷流逝，毫不留情。

林太郎眞切地感受出這一切。不論發生多麼悲苦、不合理的事，時間一樣不會停下腳步等他。他隨著時間的洪流漂蕩，一路撐到了今天。

朝降雪的天空凝望良久的林太郎，很快地重振精神，回到店內。正當他準備收拾紅茶禮盒組時，突然停止動作。

剛才仍被壁板阻擋去路的書店深處，此時籠罩在一片銀光下。林太郎才剛發出「啊」的驚呼，一隻虎斑貓已背對著銀光，靜靜坐在他面前。

在倒抽一口氣的林太郎面前，虎斑貓那長長的白鬚微微搖動。

「好久不見啦，第二代當家。」

那聽慣的低沉嗓音，令林太郎忍不住苦笑。

「才兩天沒見呢。」

「是嗎？」

「我是不是該說『歡迎回來』？」

「不需要說客套話。」

虎斑貓背對著銀光，翡翠色的雙眸望向林太郎。

「我希望你助我一臂之力。」

虎斑貓背後的書架迴廊，感覺亮光陡然增強。

「我要再次借助你的力量。」

虎斑貓的言行向來都很唐突，不會先打聲招呼，也不會多說明。當然也沒半點慶祝重逢的氣氛。

「我以爲就此不會再見面了……」

「情況改變了。得再去一次迷宮才行。」

牠那平淡的口吻還是老樣子沒變，但敏感的林太郎從聲音背後感覺出一股非比尋常的緊張感。

「發生什麼事了？」

「第四座迷宮出現了。」

「第四座？」

「這是完全料想不到的事態。需要再次借助你的力量。」

說到這裡，虎斑貓壓低聲音補上一句「不過……」

「這次的對手很難纏。和過去的對手截然不同。」

雖然牠還是和以前一樣，說話很不客氣，且極度高姿態，但今天的口吻少了牠平時的那份犀利。證明了這次的事態確實非比尋常。

「明明是這麼難纏的對手，你卻又找我幫忙，眞的行嗎？」

「非你不可。這是對方的要求。」

「對方的要求？」

「眞的是一個很不好應付的對手。這次有可能眞的回不來。不過，你應該有辦法才對。」

虎斑貓的聲音中，帶有近乎祈禱般的殷切口吻。

林太郎感覺有點意外，但隔了一會兒，他回答道：

「我明白了，我們走吧。」

回答得很乾脆。

由於太過乾脆，反倒是虎斑貓的回覆慢了半拍。牠翡翠色的雙眸一亮，仔細端詳著林太郎。

「你應該聽得出這當中帶有危險吧？」

「我還聽到你說，這和過去的情況截然不同。有可能眞的回不來。」

「這樣你還願意跟我走？」

「你應該是很困擾吧。要我出馬，有這個理由就夠了。」

如此灑脫的回答，令虎斑貓大爲驚訝，彷彿大白天撞鬼似的。

「第二代當家，你是不是哪裡不對勁啊？」

「你講這種話，小心我生氣喔。」

「可是……」

「我只是想向你答謝。之前雖然向你道過謝，但我什麼都沒報答你。所以我認爲這次是個好機會。」

原本一直靜靜望著林太郎的虎斑貓，展現不同於平時的模樣，感慨良深地點了點頭。

「我很感謝你。」

不過——林太郎補上這麼一句。

「我有個附加條件，就是馬上出發。」

說完後，林太郎快步走向門口，把門關上，並迅速上鎖。

「就快到柚木路過這裡的時間了。一聽說此事，她一定會說也要去。既然你說這次的行動很危險，我不希望把柚木捲進來。」

林太郎面帶苦笑地說道，虎斑貓沉默以對。

正當林太郎感到納悶而望向牠時，只見虎斑貓投以罕見的嚴肅目光。

「我很遺憾，如果是這點，你沒有選擇的餘地。」

虎斑貓以看不出此時是何情感的聲音，說出不解其意的回答。

在莫名緊繃的沉默中，林太郎停下手中的動作，蹙起眉頭。

門外的腳踏車鈴聲響起，旋即又遠去。待室內完全恢復寂靜後，虎斑貓才開口道：

「柚木沙夜被帶走了。被關在那座迷宮的最深處，等候你前去。」

林太郎大感錯愕，一時說不出話來。

「你聽到了嗎，第二代當家？」

「我不懂你這話的意思……」

「很簡單。柚木沙夜被人帶走了。最後這趟旅程的目的，並不是去解救書本。」

虎斑貓向林太郎投以犀利的眼神。

「這趟旅程，是要解救你的朋友。」

林太郎將視線移向從書店深處一路相連的銀色書架迴廊。

一條筆直的通道。塞滿牆壁，綿延不絕的書本。照向全體的淡淡白光。

不知為何，林太郎突然感覺到一股毛骨悚然的寒意。

『到頭來，你還是不打算上學對吧。』

昨天早上，沙夜曾這樣說過。

一如平時，沙夜在前去參加吹奏樂社晨練的路上，順便到店內露臉，她望著在結帳桌上沖泡紅茶的林太郎，露出拿他沒轍的神情。

沙夜望著書架說了些話，但林太郎不太記得他們的對話內容。那是沒什麼特別含意，很輕鬆的閒聊。

聊書、聊紅茶，然後聊貓。

過了一會兒，沙夜準備前往晨練，她離去時轉頭說道：

『你不能一直這樣低著頭宅在家裡。雖然有很多不合理的事，但畢竟這是你自己的人生……』

說到這裡，沙夜一度停頓片刻，接著以開朗的聲音說道：

『你要抬頭挺胸地往前走。』

很像是這位聰明的班長會給的忠告。

同時也是沙夜獻給這位即將搬家的朋友的勉勵話語。

沙夜替他擔心的這番話，林太郎聽在耳裡倍感新鮮。

沒等他回應，沙夜便逕自輕盈地轉身，走向明亮的屋簷下，林太郎瞇著眼睛目送她離去的背影。

沙夜在朝陽下朝他揮舞的白皙手臂是那般耀眼，深深烙印在他眼中。

「說來眞是不可思議。」林太郎走在那一整排高大書架的迴廊上，自言自語道。

「我還是第一次這麼擔心某人呢。」

走在前頭的虎斑貓只是微微瞄了他一眼，默而不答。

理應走慣的書架迴廊，感覺比平時還要來得長。雖然不清楚這純粹只是自己覺得長，還是它眞的就這麼長，但眼前的書架和電燈一直連往遙遠的前方。

「爲什麼柚木會被帶走？如果對方是要找我，打從一開始就把我帶走，不就行了嗎？」

「我不知道原因。只能當面問對方了。」

虎斑貓的回答充滿苦惱。

「不過，應該是對方研判，那位少女是讓你採取行動的關鍵。」

「……你這話可眞難懂。」

「一點都不難懂。因為那名少女一直都很擔心你。」

走在前頭的虎斑貓，頭也不回地說道。

「那名少女一直都很擔心你這位自從祖父過世，便一直窩在家中、個性陰沉的同學。」

「那是因為柚木是個責任感很強的班長，而且我們又住得近……」

「雖然不知道對你來說是否有參考價值，但還是告訴你一件事吧。」

虎斑貓低沉的聲音，毫不客氣地打斷林太郎的話。

「一開始那名少女到夏木書店來的時候，我應該說過。只有符合特殊條件的人才看得到我的模樣。這項條件，其實不是什麼特殊的超能力。」

虎斑貓停下腳步，轉頭望向林太郎。

「這項條件是『擁有體貼他人的一顆心』。」

這句不可思議的話語在耳畔迴盪。

「體貼他人的心，並不是以溫柔的聲音，說一些膚淺的同情話語。而是和煩惱的人一同煩惱，和痛苦的人一起痛苦，有時還會陪著一起同行，就是這樣的一種態度。」

虎斑貓再度邁步而行，林太郎急忙隨後跟上。

「這並不是什麼特別的能力。原本是每個人都很自然會擁有的重要心性。但反覆過著匆忙、拘束的生活，讓許多人喪失了這樣的心性。就像你這樣。」

虎斑貓平靜的這番話，令林太郎為之一震。

「在苦悶的日常生活中，每個人光是為了自己的事便已忙不過來，喪失體貼他人的心。而喪失這份心的人們，無法感受他人的痛苦。如此一來，就算說謊、傷害他人、以弱者當自己的墊腳石，也不會有任何感覺。這世上像這樣的人變得愈來愈多。」

這番沉重的話語在迴廊上傳開，同時迴廊也逐漸產生變化。

塡滿兩側牆壁的樸質木製書架，不知何時換成了年代久遠的橡木材質書架，上頭還有鑲嵌裝飾，顯得無比華麗，而通道也逐漸變寬，變成足以容納三、四人並肩同行的大迴廊。

頭頂的電燈消失，轉為挑高的天花板，書架前一整排燭臺的燈火，將迴廊照得一片燦然。

這一人一貓就這樣靜靜走在巨大的迴廊中央。

「不過，在這無可救藥的世界裡，還是不時會遇見像這位少女這樣，擁有如此珍貴心性的人。在擁有這種心性的人面前，我們做什麼都無法瞞過他們的眼睛。」

也就是說——虎斑貓轉頭望向林太郎。

「那名少女會關心你，並不是出於責任感或義務，而是眞的替你擔心。」

虎斑貓此話一出，現場明明沒風，燭臺的火焰卻爲之搖曳。

經牠這麼一說，林太郎才發現。

之前沙夜多次造訪夏木書店的身影，突然鮮明地在他心頭浮現。那一幕情景，突然擁有重大的意義，朝林太郎心中直逼而來。

「如果你現在是眞心替那女孩擔心，那表示你也重拾那失去的心性。不再只想到自己，擁有一顆『懂得體貼他人的心』。」

「體貼他人的心……」

「對你這種軟弱的人來說，她是你無可挑剔的好朋友。」

虎斑貓的聲音依舊平淡，但隱約帶有一股笑意。

林太郎仰望挑高的天花板。

頭頂上方是呈現和緩圓弧的圓頂狀天花板，宛如一座走過漫長歲月的古老教堂，充滿了美和寂靜。

「有許多事，自以爲明白，但其實根本沒瞧見。」

「光是能注意到這點，就算是成長了。」

「我覺得自己得到了一些勇氣。」

「如果只有一些，那可傷腦筋了。」虎斑貓低聲道。「這名最後的敵人，眞的很難纏。」

虎斑貓這句話還沒說完，一座巨大的木門便已出現眼前。

巨大的木門，憑林太郎那柔弱的臂力，根本無法撼動它分毫，它以如此的威儀阻擋在他們面前。但他們靠近時，木門微微發出擠壓聲，很自然地開啓。

木門緩緩朝兩側打開，呈現眼前的，是一座廣大的綠色庭園。

在傾照大地的陽光下，滿是枝葉扶疏的林木，到處都有白色的噴水池噴向高空。噴水池旁是一座座天使雕像，細心修剪的樹籬與呈幾何圖形排列的石牆形成對比，美不勝收。

林太郎他們站在外型沉穩的石造建築正面，俯視眼前的景致。

「眞是大費周章。」

虎斑貓如此嘀咕時，傳來了噠噠噠的輕快聲響。他們望向右方，發現有一輛雙馬馬車從石板地通道上朝他們走近。

馬車來到兩人面前後停下，從駕駛座走下一名年近半百的紳士，一語不發地深深一鞠躬，打開車門。

「意思是要我們上車是吧。」

虎斑貓話一說完，便毫不客氣地走近馬車，跳進車內。那名紳士仍維持鞠躬的姿勢。林太郎也戰戰兢兢地走近，坐上馬車。

馬車內鋪著深紅色的天鵝絨，空間出奇寬敞，虎斑貓和林太郎迎面而坐。

車門砰的一聲關上，隔沒多久，馬車便開始行駛。

「這是在演哪齣？」

「這是在歡迎你。」

「很不巧，我不記得我有個嗜好如此與衆不同的朋友。」

「你不知道對方，但對方可沒跟你一樣。你在這個世界已是個知名人物。」

「這個世界？」

「而且這座迷宮的主人更是位特別人物。事實上，她擁有很強大的力量。」

「這麼說來，我該感激得痛哭流涕嘍。不惜綁架我重要的朋友，也要招待我，眞是感激不盡。」

虎斑貓微微一笑。

「你這態度很好。要在這充滿不合理的世界活下去，最好的武器既不是道理也不是蠻力。」

「是幽默對吧。」

林太郎回話時，馬車晃了一下，開始加快速度，來到一條大路。

望向窗外，看見那座廣大的庭園往後飛逝。

陽光、風、噴水的飛沫，以及蓊鬱的翠綠。雖然全是令人心曠神怡的景致，但總覺得有哪裡不對勁。

林太郎直覺這當中沒有生物的氣息。

不只是人，就連從小鳥和蝴蝶身上，也都感受不出任何支撐這世界的生命感。不管外表再怎麼裝飾，它仍舊不是個完整的世界。

「這是我和你說話的最後一次機會了。」

虎斑貓突然低聲道。

林太郎的視線從窗外移回車內。

「感覺之前也聽你說過類似的話。」

「不必擔心。」

在古典造型的座位上，虎斑貓翡翠色的雙眸筆直地望向林太郎。

「這真的是最後一次了。」

「如果是這樣的話，我有許多事想先向你問個清楚。」

面對林太郎這番話，虎斑貓沉默不語，一動也不動地回望著他。

隔了一會兒後，林太郎面露苦笑。

「不過，一時間不知該從何問起。」

虎斑貓仍舊一動也不動。

明亮的陽光照向牠的側臉，開始緩緩轉爲豔紅。這時，窗外急遽從黃昏轉爲暗夜，小小的車內陷入幽暗之中。

抬頭一看，不知何時，天空開始浮現閃爍的星光。

「書本也有心靈。」

虎斑貓突然如此說道。

貓眼在星光的照耀下，散發出迷人的光輝。

「書如果只是擺在那裡，不過是一疊紙。不論是蘊含偉大力量的傑作，還是訴說壯闊故事的大作，如果沒打開來看，終究只是一疊紙。但若是朝書本注入人們的情感，加以愛惜，它就會有心靈棲宿其中。」

「心靈？」

沒錯──虎斑貓以強而有力的聲音應道。

「如今人們接觸書的機會愈來愈少，也很少會注入情感，結果造成書本的心靈不斷流失。但是像你和你祖父這樣鍾愛書本，用心傾聽書本說話的人，還是大有人在。」

虎斑貓緩緩轉頭仰望星空。

「你對我們來說，是無可替代的好友。」

牠說了許多不可思議的話。不過，每一句話都深深滲進林太郎心裡。

虎斑貓仰望夜空，翡翠色的眼瞳炯亮生輝。

雖然牠氣質高貴、充滿自信，略顯傲慢，但真的很美。就是這樣的一隻貓。

「我感覺好像很久以前就認識你了。」

對於林太郎這句唐突的話，虎斑貓連看也沒看他一眼。但牠那模樣好看的三角耳，靜靜等著林太郎往下說。

「眞的是很久以前的事了。當時我還是個小孩……」

林太郎像在記憶之海裡搜尋般，仰望天花板。

「在一個小小的故事裡，我曾經遇見你。那可能是我媽念給我聽的一本書。」

「書本有它的心靈。」

虎斑貓靜靜地重複說出剛才那句話。

「受人鍾愛的書會有心靈棲宿其中，而擁有心靈的書，當它的主人遭遇危機時，一定會趕來助其一臂之力。」

那冷靜的低沉嗓音，緊緊包覆林太郎的內心，帶來一股暖意。不經意地回頭一看，那隻籠罩在星光下的虎斑貓正面露微笑。

「我應該說過，你絕對不是孤伶伶一個人。」

在滿天星斗下，載著林太郎他們的這輛馬車，伴隨著輕盈的震動，一路往前奔馳。

隨著馬車的行進，在鋪設天鵝絨的車內，透過車窗照向地面的星光也同樣無聲地移動著。當銀光照向虎斑貓臉上時，牠突然收斂笑容，雙瞳發出銳利的光芒。

「不過，『有心靈棲宿的書本』不見得都會站在人們這邊。」

林太郎眉頭微蹙，接著問道：

「你是指柚木這件事？」

「沒錯。就是這最後的迷宮。」

虎斑貓再次望向窗外。

林太郎也順著牠的視線望去。

天上的星辰始終那麼美豔絕倫。但它的排列零散，完全沒呈現出任何星座的樣貌。

「就像人生會因為苦惱而扭曲一樣，書本的心靈也會扭曲。由內心扭曲的人所保管的書，同樣也會擁有扭曲的心靈，然後做出脫序的行徑。」

「書本的心靈扭曲……」

虎斑貓重重頷首。

「尤其是歷史悠久的古書，因為受到許多人內心的影響，不論是好是壞，都一樣會擁有強大的力量。當這樣的書本具有扭曲的心靈時……」

虎斑貓長嘆一聲，接著說道：

「它們會展現出不是我們所能比擬的強大力量。」

「你說最後的對手和之前不一樣，我現在稍微了解這句話的含意了。」

林太郎回答的口吻意外冷靜、沉穩。事實上，林太郎此時內心無比平靜，連他自己也覺得不可思議。

不知何時，窗外的景致產生改變。

原本理應行駛在廣大的庭園中，但現在眼前卻是一片廣闊的暗夜街景。兩層樓高的民宅、靠在牆上的腳踏車、冷冷閃爍黃光的路燈、白色的自動販賣機。

似曾相識的景致。

「抱歉，第二代當家。」

虎斑貓深深一鞠躬。

「接下來你要面對的對手，我們無法控制。」

「用不著道歉。」林太郎苦笑道。「我才有很多事得謝謝你呢。」

「我們什麼也沒做。這一路走來，你都是靠自己的雙腳。」

「儘管如此……」林太郎說這句話時，馬車的震動突然減緩，感覺到馬車在減速。

「儘管如此，我還是發現了許多重要的事。」

砰的一聲，傳來劇烈的搖晃，馬車就此停下。

隔了一會兒，車門開啓。

同時一股令人背脊發涼的冷風流進車內。

望向門外，在那名恭敬鞠躬行禮的車夫身後，是他所熟悉的景致。

林太郎不慌不忙，緩緩走下馬車。下車後轉頭一看，虎斑貓坐在車內的幽暗中一動也不動，翡翠色的雙眸靜靜散發精光。

「你不跟我一起來嗎？」

「沒這個必要。因爲你已經可以自己一個人前仕了。」

虎斑貓莞爾一笑。

「去吧，夏木林太郎。」

「你是第一次叫我的名字嗎？」

「這是表示對你的認同。扭曲的心靈很強。不過……」

虎斑貓一度合上嘴，接著旋即大聲喊出：

「你更強。」

這句話說得強勁有力。

正因爲是很了解對方的好友，才說得出這樣的話來，很有助益的鼓舞。

林太郎頷首，一股寒氣從他背後流過。那寒氣伴隨著不舒服的感覺，從背後不斷飄來。儘管如此，林太郎也完全沒有逃離的念頭。他明白自己不能逃。

「我們還會再見嗎？」

「別了吧。以這句話當離別時的台詞，未免也太老套了。」

無比毒舌的回答，很像虎斑貓的作風。

「再見了，我勇敢的朋友。」

毫無綴飾的這句話，是牠贈予的惜別之詞。

面對靜靜低頭行禮的虎斑貓，林太郎也誠心地回以一禮。

接著林太郎就此轉身，背向馬車，邁步前行。

眼前有一條狹窄的小徑，前方是黃色的老舊路燈，下方有一棟小小的民宅。定睛細看，那棟民宅的木格子門上還很周到地掛著一塊木牌，上頭寫著「夏木書店」。

每個景致都唯妙唯肖。

但林太郎並未因此放慢腳步。

不管這景致做得再像再好，終究還是冒牌貨。

夜空不見明月，地面沒有草木，鄰家的窗戶不見燈光。如此令人內心無法平靜的景色，也算罕見了。

林太郎在緊繃的冷峻空氣中，筆直往前走，旋即來到夏木書店的石階前。

看慣的木格子門對面，微微透射出燈光。

「請進。」

突然傳來這個聲響。

是個沉著的女性聲音。

同時格子門無聲地開啓。

「歡迎啊，夏木林太郎小弟。」

沒有高低起伏的聲音在室內響起。

雖說是室內，但對林太郎而言，是他再熟悉不過的夏木書店內部。

只不過，裡頭的模樣大不相同。

塡滿兩側牆壁的大書架上，連一本書也沒有。看起來空空蕩蕩，拜此所賜，店裡看起來寬敞許多。

中央有一組面對面擺設的氣派沙發。這也是原本店內所沒有的。而位在最內側一張面向大門的沙發上，有個嬌小的人影。

林太郎之所以感到困惑，是因爲坐在沙發上的，是一位年近半百，身材清瘦的女性。

她全身陷入比自己體型還大的沙發裡，穿著一件樸素的黑色禮服，一派悠閒地蹺著腿。白皙修長的手臂擺在膝上，靜靜地抬眼望著林太郎，那模樣毫無戒備，給人柔弱無力的印象，但全身卻又散發一股難以親近的冷冽氣息。

女性全身幾乎沒任何動作，就只有一對薄唇微張。

「你那隻貓咪隨從怎麼了？」

「牠說，最後由我一個人來就行了。」

「好無情的同伴啊。還是說……」女子微微瞇起眼睛。「牠沒把我瞧在眼裡？」

林太郎感受到一股毛骨悚然的寒意。

那看不出對方心思的透明雙瞳，一直緊盯著林太郎，不曾移開。

的確和之前交談過的對手截然不同。

之前遇過的那三人，雖然每個都很怪異，但都能夠感覺出「內心的存在」。

或者應該說是他們每個人對書本的情感。這份情感是開啓對話的線索，同時也是突破的出口。

但眼前這名女子宛如銅牆鐵壁，不斷散發出堅硬冰冷的光芒，無從下手，也不得其門而入。

如果是以前的林太郎，或許早就夾著尾巴逃走了，但現在他鼓起所有勇氣挺住。

並非像平時那樣，是隨著一份慣性而來到這裡。他並未忘卻自己此刻來這裡的目的。

「歡迎來到『夏木書店』。」

女子微微張開她擺在膝上的雙手。

「喜歡我的安排嗎？很棒的一趟旅程對吧？」

「我是來請妳歸還柚木的。」

女子微微蹙眉。

她沒答覆，所以林太郎又重複說了一次。

女子合上眼，緩緩搖了搖頭。

「眞是個比我想像還要遲鈍的少年。這種明擺著的事，卻還用這種毫無獨創性的話語說出口。」

「就算頭腦遲鈍，也會有好人。而眞的頭腦精明的人，卻沒幾個好人。」

「史坦貝克？這不是什麼値得特地引用的名言吧。」

「不，這句話一針見血。因爲妳看起來頭腦很精明。」

女子先是爲之一怔，接著那不帶任何情感的眼瞳望向林太郎。

「我收回之前說的話。你是個很幽默的人。那女孩一切安好，你大可不必擔心。我又不會吃了她。我只是想和你當面聊聊而已。」

「雖然完全不懂妳的意圖和目的，但我是不是應該先跟妳說一聲『謝謝』呢？」

「看來你的個性比傳聞中還要急呢。原本聽說你的個性滿文靜的。」

林太郎認爲她說得沒錯。

林太郎此時腦中無比清晰，連他自己也覺得不可思議。

簡單來說，他現在怒火中燒。

「想和我聊天的話，直接找我就行了。妳擄走柚木，這不是正當手段。既然妳有這個時間，以高傲的姿態坐在這種氣派的沙發上，派人用馬車載我們行經公園和噴水池周邊，那妳大可直接造訪夏木書店。我會用爺爺的阿薩姆紅茶招待妳。」

「這我倒也不是沒想過。不過，就算我突然前去拜訪你，你一定也不會認眞理我吧？」

「……認眞？」

「我想和你來一場認眞的對談。那種用來應付人的安全回答，或是像『顧慮』和『顧忌』這種怠惰的態度，我可不感興趣。我想看的是一名眞正愛書的少年，以認眞的態度談論書本的模樣。」

女子的嘴角微微上揚。那是美麗的微笑。雖然美麗，卻是不帶任何情感的冰凍笑意。

林太郎就像有隻冰冷的手朝他脖子摸了一把似的，不由自主地打了個哆嗦。爲了給隨時都會顯露怯縮之色的自己打氣，林太郎接話道：

「我再問一次。妳綁走柚木，就只是爲了和我說話？」

「沒錯。看到你現在的樣子，就覺得我眞是做對了。」

林太郎做了個深呼吸。

完全被對方牽著走。雖然不清楚被對方牽著走是好是壞，但是被情感沖昏頭，無法冷靜思考，這絕不會是好事。如果對方希望和他展現認眞的對談，自然更是不妥。

見林太郎突然沉默不語，女子並未特別露出滿意之色，她靜靜伸出右手，指向眼前的沙發。

見林太郎依然保持沉默沒任何動作，女子微微偏著頭。

「可能換成這個，你比較能靜下心來。」

女子彈了個響指，沙發頓時像融化般消失無蹤，接著冒出一張小木頭圓椅。是林太郎在夏木書店常坐的一張多處斑駁的老舊圓椅。

雖然對方安排周到，但完全感受不出爲人著想的溫情。她也完全沒替這名極力留在此地的勇敢少年著想。一切只因她認爲這樣的行爲是達成目的的捷徑，基於這個合理的判斷，才付諸執行。這是她給人的印象。

林太郎明白抵抗沒有意義，就此默默坐向椅子。

「我該說什麼好呢？」

「眞是個急性子的孩子。不過，就一位擔心女朋友安危的少年來說，你這種態度我並不討厭。」
女子平淡地說道，再次彈了個響指。
「首先是表演時間，可以陪我一起看嗎？」
右側的書架前，突然出現一座大型布幕。同時店內轉爲昏暗，布幕散發出光輝。
「先看第一個……」
伴隨著女子的聲音出現在布幕上的，是氣派的長屋門和土牆。林太郎還沒來得及在憶海中搜尋自己是在哪兒見過這幕景象，畫面已穿過大門，走進廣大的宅邸內。
從日式大門走進宅邸內的畫面中，出現一名男子行經走廊，走廊上擺滿水墨畫、鹿頭、維納斯雕像等國籍不明的陳列品，接著男子坐向外廊。
之前見面時，穿著一身白西裝、身材高大的那名男子，現在則是一身老舊的白襯衫，一臉茫然地望著庭園。他已收起先前那自信滿滿的傲然態度，就只是一動也不動地默默凝望庭院池子裡悠游的鯉魚。他手中有幾本書。可能是一再反覆地看，封面略微凹凸不平。
「這你知道嗎？」
「第一座迷宮。」

「沒錯。你解放書本後，成了這幕景象。」

林太郎因女子的聲音而皺眉。

「原本被封閉的書全部解放後，他不再像以前那樣拚命閱讀。原本以『看十萬本書的男人』這個稱號引領時代風潮，銳氣十足的批評家，如今急遽地改變，令許多人震驚、失望，馬上對他失去興趣。而他原本建構的地位，也被隨後出現的一名看了十一萬本書的男人奪走，現在完全不受世人矚目。喪失了地位和名聲，就只能這樣望著庭園發呆。」

林太郎對此無言以對，女子面無表情地望著他。

接著女子指向左手邊，另一側牆壁出現新的布幕。

「我們來看下一個吧。」

隨著她這句話一同出現的畫面，是立著一整排希臘風圓柱的巨大迴廊。圓頂狀的大天花板，擦拭得明亮如鏡的石板地。牆上是收藏了無數豪華書籍的書架，到處都有窄細的通道和樓梯。

不用說也知道，是第二座迷宮。

但當時有無數名白衣人捧著大量書本頻繁來去的大迴廊，現在則是空空蕩蕩，闃寂無聲。不僅如此，書本和文件散落各處，呈現出濃濃的荒廢氣氛。

完全空無一人的迴廊，只有一個小小的人影，影像急速往此人靠近。在一張擺在巨大書架旁的桌子前，坐著一名身穿白衣、體型渾圓的學者。

之前林太郎他們前往拜訪時，那名在地下所長室，活力充沛地埋首於研究中的中年學者，此時失魂落魄地坐在迴廊角落，滿臉鬍子沒刮，就只是獨自一人靜靜望著手中的小書。

「這位因應時代，陸續編寫出迅速閱讀法的天才學者，現在已完全放棄研究，花好幾個小時只看一本書。原本一天就能看完十本書的天才，現在成了花一個月看一本書的凡人。原本風靡一時的著作，轉眼間全部滯銷，而大家爭相邀約的演講，也全都取消了。」

「妳想說什麼？」

「想和你談談理想和現實的差異。不過還沒完呢。」

女子伸手指向天花板。

不知何時，眼前出現第三個布幕，映照出巨大的高樓大廈。

不用說也知道，是第三座迷宮。

進入那灰色大樓裡的畫面，再次從中穿越，呈現出一個擺有橢圓形大書桌的室內。

室內聚滿了身穿紅西裝、藍西裝、黑西裝的男子們，現場瀰漫一股緊張的氣氛。

『這麼做，公司會倒閉的。』穿紅西裝的男子大喊。

『賣不出去的書應該馬上絕版才對。』

『讀者追求的是簡單易懂、帶有刺激性的書，這句話不是社長您自己說過的話嗎！』

穿黑西裝和藍西裝的男子接連咆吼的對象，是一個年近半百、個頭矮小的紳士。原本顯得一派悠閒的社長，此時雙手抵向一頭白髮，始終低著頭。

「社長改變公司方針。就算是滯銷的書，也不馬上廢刊，而許多原本已絕版的珍貴書本，還刻意復刊。結果使得原本的大幅獲利變成嚴重虧損，現在社長被迫請辭。」

女子的視線從天花板移回林太郎身上，以嘲諷的聲音說道：

「你那迷人的冒險，換來的是這種結果嗎？你有何感想？」

「真慘。」

這是他盡了最大努力的回答。

室內明明充斥著極具壓倒性的冷氣，但林太郎背後卻冒出黏汗，一股像嘔吐般的封閉感鬱積在胸中，揮之不去。

「你說的話，重重改變了他們的處境。但這樣算是幸福的結果嗎？」

「看起來不太幸福。」

「這麼說來，你做了很糟糕的事嘍？」

「妳想說什麼？」

「不是我想說什麼。是我想聽你說感想。」

女子始終都以平靜的語氣回應。

她倚身靠在沙發上，以不帶情感的眼神投向林太郎。

「什麼是對，什麼是錯，我並沒有答案。或許可以說，我就是因爲不知道，所以才找你來。你爲了解救書本，而與那三人對峙。並勇敢地與他們言語交鋒，對他們心中的哲學帶來巨大影響。你大幅改變了他們的價值觀，但就結果來看，他們明顯陷入困境。如果他們非得這樣受苦不可的話，那麼，你所做的事又有什麼意義呢？」

這是林太郎不曾想過的問題。

或許可說是完全沒料想到的事態。

林太郎就只是說出自己的想法，他並不期待結果會造成多大的變化。倒不如說，他完全沒料想到對方會提出如此明顯的變化，而且他一點都沒料到那樣的結果會造成某人受苦。

林太郎略感不知所措，抬頭望向那面布幕。

「你不覺得這世界很可悲嗎？」

女子透明的眼瞳望向林太郎。

「人是以書本來裝飾自己，輕鬆地累積知識，書看完就丟。人們認爲，只要將書本疊高，就能看得遠。不過，這樣的讀書方式簡單嗎？」

女子瞇起眼睛，緩緩望向空中。看不出此時她凝望的是哪個位置。

「你認爲這樣子好嗎？」

「爲什麼……」

林太郎好不容易才擠出這句話來。

「爲什麼要問我這種事？」

「對喔，這是為什麼呢？我只是認為，如果是你，應該會給我一個很棒的答覆吧。」

「不可能。我只是一個宅男。」

「不過，你為了解救許多書本，四處奉獻心力。事實上，你也成功救出了書本。」

女子再次將她玻璃般的眼睛望向林太郎。

「現在這個時代，與書有緊密關聯的人幾乎已經看不到了。」

「與書有緊密關聯的人……」

「沒錯。像你和你爺爺這樣的人，只占了一小撮。以前明明有很多這樣的人，但在這兩千多年的時間裡，一切全變了。」

這句陌生的話，令林太郎說不出話來。

「兩千多年……？」

「正確來說，應該是一千八百年左右吧。那是我出生時的事了。不知不覺間，已過了這麼長的時間。」

林太郎無言以對。

虎斑貓所說的「擁有強大力量的書本」這句話，它的重量遠超乎林太郎的想像。

女子沒理會愣在原地的林太郎，只是平淡地繼續往下說：

「以前書本具有心靈，是很理所當然的事。看書的人都知道這件事。因爲知道，所以彼此心靈相通。當時能拿到書的人並不多，但與我邂逅過的人們，都會以堅定的心支持我，而我也支持著他們。好懷念的時代。那同時也是光輝耀眼的時代。」

「這件事……」

「對你來說，要相信過去曾有這樣的情形，或許很困難吧。」

女子平靜的聲音打斷了困惑的林太郎的發言。

「現在幾乎遇不到擁有心靈的書本。非但如此，知道書本擁有心靈的人也不在了。說到書，不過就是上頭排滿文字的一疊紙罷了。這情況並非只有街頭上那些人們看過即丟的大量書籍才會發生。就連歷經漫長歲月，受全世界衆多人閱讀的我，也幾乎都沒遇見會眞誠相待的人。儘管博得『全世界最暢銷的書』這種響亮的文句，大受好評，但在現今這個時代，實際上大家根本都不屑一顧。被束之高閣、剪得支離破碎、拋售。你所見到的那些事，也都發生在我身上。」

女子就像強忍痛苦般，以白皙的手指抵向額頭。

「坦白說，」她紅潤的薄唇微動。「我的力量也逐漸流失中。以前我應該曾經和很多人有過重要的言語交流，但到底說了些什麼，我連這個都忘了。一旦忘了這件事，那我就會和其他的小書一樣，成爲單純提供知識和娛樂的一疊紙。」

女子注視著林太郎。

「如果那就是你們所追求的書本形態，那我們沒有選擇，就只能在這個大時代的洪流中腐朽。不過這樣眞的好嗎？」

那是很平靜的提問。雖然平靜，卻是具有壓倒性重量的提問。

林太郎低頭望著腳下，沉默不言。

他一時間想不出該如何回答。但覺得不該一直這樣沉默下去的情感，在他心底掀起波浪。因此，他右手緩緩托向鏡框，閉上眼睛。

只要閉上眼睛，坐在平時坐慣的圓椅上的舒服感便會浮現，同時也能重拾待在「夏木書店」的那份平靜。

雖然此時身處在冒牌的夏木書店內，但林太郎的心境已回到他熟悉的舊書店內。

年代久遠的舊書架、懷舊造型的電燈、適度阻擋陽光的木格子門、每當有客人到來就會搖晃的銀製門鈴。隨著回想這些記憶，熟悉的書籍依序重新回到那空蕩蕩的書架上。

《卡拉馬助夫兄弟們》、《憤怒的葡萄》、《基度山恩仇記》、《格列佛遊記》……對於一再重讀的那些書，林太郎正確記得它們每一本的所在位置。他在心裡追尋這些書本時，原本激起波濤的內心也跟著慢慢平靜下來。

「我……不知道答案是什麼。」

林太郎就像一位以鑷子輕輕夾住蝴蝶翅膀的標本製作者，小心翼翼地選擇用語。

「不過，書本多次解救了我，這是事實。凡事都抱持消極看法，動不動就選擇逃避的我，之所以能一路走到現在，是因為我身邊一直都有書本的陪伴。」

林太郎注視著擦拭晶亮的地板，一一撿拾浮現他腦中的話語。

「當然了，妳所說的問題，我不會說它們都不存在。但書本的力量並不像妳說的那般弱小。在眾多書本消失的現代，我知道還是有些書本存活了下來。」

他緩緩抬頭，發現女子透明的眼瞳正回望著他。

面對那無從捉摸的眼瞳，林太郎接著說道：

「我爺爺說過，書本有強大的力量。兩千年前的事，我不清楚，不過我周遭現在仍有許多書，我每天都和這些書一起共度。所以……」

「真遺憾。」

興起一道冷冽的孤獨之風。

明明只是一道微風，卻帶有令林太郎爲之噤聲的壓倒性重量。林太郎原本帶有熱情的聲音，瞬間凍結至冰點以下，女子就像要給他最後一擊般，對他說了一句話。

「太令我失望了。」

爲之無言的林太郎，再次回望女子的雙眼，頓時爲之發顫。

一股深邃的黑暗正注視著林太郎。

那無從捉摸的透明雙瞳中，可以窺見異樣的黑暗。那究竟是悲哀，還是絕望呢？不管是何者，都不是像林太郎這樣的少年所能應付，那是無比黑暗的情感，如同將眼前一切全部吞噬的無底泥沼。

「光有情感，什麼也改變不了。如果只是應付一下，暫時求得心安，或是將問題往後延，光只是說好聽話，那我早就聽膩了。結果還是什麼都沒變。雖然不時有人會發現書本的危機，但誰都無法改變這巨大的洪流，只能隨波逐流。就像你之前遇見的那三人，他們改變自己的人生哲學，結果全部失去了容身之所。」

女子似乎說累了，重重吁了口氣，接著抬頭仰望天花板。

「我聽說有位愛書的神奇少年，四處解救書本，原本還滿懷期待，想說你或許能給我帶來一些救贖的佳言美句。我並沒要你爲我改變些什麼。我只是心想，或許你能給我個啓示，讓我重拾那逐漸遺忘和喪失的力量。」

可惜——女子黑暗的雙瞳望向林太郎。

「我似乎太高估你了。」

只見她右手緩緩上抬。

「你回去吧。回歸你的日常生活。祈禱在你的日常生活中，能繼續保有你現在單純的心靈。」

女子擺了擺手，同時背後傳來冰冷的聲音。木門開啓。

女子以不帶高低起伏的聲音，朝背對木門一動也不動的林太郎說道：

「不用擔心。那個女孩我也會完好地送她回去。爲了這場無趣的對話，給那女孩添麻煩了。」

在這平淡的聲音下，林太郎感覺到自己額頭汗如泉湧。他任憑汗流不止，卻一動也不動。因爲心底有股壓抑不住的情感。

女子似乎已對林太郎失去興趣，就此站起身。

「已經沒你的事了。」

「我……話還沒說完。」

「我已經說完了。」

儘管語調平靜，卻表達出毫不留情的拒絕之意，

「你的勇敢出乎我意料之外，同時我也明白你很正經，正經到有點憨傻的地步。不過我還是要再說一次。光只有情感，什麼也不會改變。」

女子不屑地說道，轉身背對林太郎。

叩叩叩，傳來離去的腳步聲。

伴隨著聲響遠去，四周的冷氣也逐漸退散。如果一直保持沉默，一切將會又恢復原樣。

如果是一星期前的林太郎，肯定會繼續保持沉默。只要沙夜能平安歸來，自然更好，沒什麼好堅持的。

如果懷著些許的失望和自我嫌棄，落寞地垂落雙肩，就此離去，就只是再次展開原本那毫不起眼的日常生活罷了。不管再怎麼脫離現實，來到書本的迷宮裡，個性陰沉的宅男也不可能突然搖身一變成為英雄。

但此刻的林太郎卻帶有一股不可思議的狂熱，不認同這種無趣的認同方式。就

像是遭受打壓，承受宛如寒冰般的吹襲，卻仍持續悶燒不息的火燼般，這股熱令林太郎堅持了下來。

他並不認爲自己有什麼特別的力量。也不認爲可以改變些什麼。但唯有對書本的這份感情，他不會輕易妥協。他還沒完全傳達出心中的這份感情。

「妳認爲書本的力量是什麼？」

他發出的聲音並不響亮。

但正要遠去的腳步聲因此陡然停止。

林太郎仍一直望著自己的雙手。

「我一直在想，書本有強大的力量，但這股力量眞正的含意到底是什麼？書本給予我們各種東西，例如知識、智慧、價値觀、世界觀。但我總覺得還有比這些東西更重要的某個強大力量。我一直在想，這力量到底是什麼，而最近我覺得自己似乎找到了答案。」

他抬起臉，發現女子就站在不遠處。

表情不明確。

面對那宛如石像般冰冷的人物，林太郎仍繼續往下說：

「書本或許是在教導我們『體諒他人的心』。」

面對這突來之言，女子微微瞇起眼睛。

「書本描繪出許多人的情感。痛苦的人、悲傷的人、開心的人、歡笑的人……接觸這些人的故事和言語，將心比心去感受，我們藉此得以明白別人的心靈。」

女子站在原地，什麼也沒說。也就是說，她正在傾聽林太郎說的話。林太郎受到她的沉默鼓舞，繼續說道：

「不能傷害人。不該欺負弱者，見人有困難，就得伸出援手。有人說，這不是理所當然的事嗎？但其實這已不再那麼理所當然了。不光如此，甚至有人還會問一句『爲什麼』。有許多人不懂，爲什麼不能傷害人。」

不知何時，林太郎雙手緊緊握拳。

「要向這些人說明，並不容易。因爲這不是光憑道理就說得通的事。但只要看書就能明白。比講道理更重要的事、人無法獨自生活的道理，很輕鬆便能明白。而教會我們明白的力量，就是書本的力量。而且這股力量賜給許多人勇氣，支持著他們。」

林太郎停頓了一會兒，緊咬嘴唇，接著朝腹部用力，以過去不曾用過的丹田之力開口大聲道：

「如果妳快忘了，那我就大聲告訴妳。體貼人的心，就是書本的力量。」

剛勁有力的聲音在小小的書店內響起，接著消失。

女子並未馬上回答。

她沉默了半晌，一直靜靜回望林太郎，接著她的薄唇微動。

「不過，人們只會全力破壞書本。」

「或許是吧。但不會因此毀壞。」

林太郎這句堅定的回答，令女子微感困惑地蹙眉。

「就算想加以破壞，也不會那麼輕易毀壞。確實有很多書被破壞，但還是有沒毀壞的書。與以前相比，也許發生了許多令人感傷的事，但直到今日，在我們看不到的地方，仍有許多人和書本保有緊密的關係。歷經兩千多年漫長歲月的妳，現在還能站在這裡，不就是最好的證明嗎？」

無比堅定的聲音響遍室內，寂靜再次籠罩。

女子仍舊沒回答。她沉默不語，靜靜回望林太郎。

原本盈滿室內的沉默並未消散，就像頻頻飄降的白雪，無聲地一再堆積，無比沉重地淹沒兩人的腳下。

近乎莊嚴的寂靜。

幾欲令人喘不過氣來的壓迫感，伴隨著寂靜。

但眼前的寂靜卻被一個意想不到的聲音打斷。

「說得好，少年。」

一個充滿活力的男子聲音在耳畔響起。

林太郎驚訝地環顧四周，但室內除了女子外，再無其他人影。

「不愧是我賞識的少年。佩服。」

再次傳來這個聲音，林太郎馬上望向右手邊。

「用更大的聲音怒吼吧。就對她說『雖然講得一副很了不得的樣子，但什麼也沒做，只會站在高處看好戲的人，不就是妳嗎？妳自己才是爲了追求一時的心安，而安於接受這樣的道理』。」

說這話的人，竟然是布幕裡那名穿白襯衫的男了。

他坐在外廊上，朝林太郎投以平靜的目光。

男子悠哉地啜飲手中的茶，對愣住的林太郎說道：

「少年，我很感謝你。你大大改變了我的生活方式。託你的福，我失去了不少東西，但如果把這看作是我的不幸，那就太斷章取義了。」

男子拿起手邊的幾本小書。

「我現在看得很愉快。雖然已不再擁有名譽和錢財，卻換來了眞正自由的每一天。小小一本書中，有著無限寬廣的世界。不過我的新發現可不光只有這樣。」

舉例來說吧——男子抬起手中的大茶杯。

「內人爲我泡的茶，眞的很好喝。」

那是讓人打從心底產生一股暖意的笑聲。

就像與他的笑聲重疊般，這次從左手邊傳來另一個聲音。

「我的小客人，你要有自信。」

林太郎急忙望向另一側的布幕。

看林太郎仍嘴巴微張，半晌說不出話來，而就此開懷大笑的，是坐在椅子上的白衣學者。他有一張圓臉，配上一對散發溫柔目光的眼眸。

「粗魯地將我的貝多芬音樂快轉的人，不就是你嗎，我的小客人？快回想起你當時的自信。」

學者神色從容地點著頭。

「要拿出勇氣，走在你自己所選的道路上。不可以變成只會感嘆『什麼也改變不了』，死氣沉沉的旁觀者。你要繼續踏上自己的旅程。就像美樂斯一直奔跑到最後一刻。」

學者再次愉快地大笑。

女子微微挑起她的柳眉。

「這些終究只是弱者的胡言亂語。什麼也改變不了……」

「就算是這樣，你們不會想要試試看嗎？」

一個渾厚的聲音從天花板傳來。

抬頭一看，只見社長從椅子上站起身，朝向他逼近的多名西裝男子說道。

「這不是光用道理就講得通的。我們有我們的堅持。」

可是——眾人正要提出抗議時，沒想到社長大了一張，制止了眾人。

「你們不是因爲喜歡書，才來到這裡的嗎？」

那是平靜，卻氣勢十足的聲音。原本吵鬧不休的男人們盡皆噤聲。

「既然這樣，那就把道理擺一旁。來說說理想吧。這是負責出書的我們所擁有的特權。」

他朗聲如此說道，穿西裝的男子們頓時全都立正站好。

仰望天花板的林太郎，將視線移回眼前的女子。

「雖然很微小，但改變就是改變。」

女子正面承受林太郎的視線，並未別過臉去。因此林太郎也雙眼直視著她回答：

「我們相信書本的力量，但妳卻不相信，這樣怎麼行呢？」

女子佇立原地，一動也不動。

雙方停止對話，寂靜再次支配這小小的空間。

女子原本一直沒任何動作，但少頃過後，她緩緩合上眼，輕嘆一聲。

「眞是的。」

女子再次望向林太郎。

「有時候就是會遇上說這種話的人，所以我才無法完全捨棄期待。」

那一樣是看不出內在情感的平淡口吻，但聲音中已含有不同於先前的些許高低起伏。

林太郎驀然發現，女子那宛如玻璃的眼瞳，微微閃著亮光。

「體諒他人的心……這種想法我並不排斥。」

女子像在自言自語般地說道，這時，緩緩有白光照亮四周。

原本光線昏暗的夏木書店，突然變得明亮起來，排列整齊的書架那堅固的輪廓，感覺開始散發光芒。

「時間到了。」

「時間到了？」

「因爲之前太胡來了，所以無法持續太久。」

女子在白光中靜靜地向林太郎說道。

「我要先跟你說一聲，很高興遇見你。」

這句唐突的話語，確實是在向他告別。

林太郎不由自主地從椅子上站起。

「我也很慶幸能遇見妳。」

「眞是個正直的孩子。還是說，這是我聽不懂的現代玩笑話？」

「不，多虧遇見了妳，我覺得自己又發現了一件重要的事。所以……」

謝謝您——林太郎改為鞠躬行禮，女子沉默不語地凝望著他。

「很棒的一句離別贈辭。」

女子輕聲低語，右手倏然一抬，碰觸浮在一旁的布幕。頓時三面布幕一同消失，恢復成原本立著一整排空無一物的書架，無比單調的景致。

女子伸手碰觸書架後，發出藍光，同時書架內陸續冒出書本，井然有序地排列。才一眨眼的工夫，兩側牆壁已塞滿了厚重的藏書。

「這裡果然還是得這個樣子才像樣。」

她不帶半點笑意地說道。

林太郎旋即發現，女子那奇怪的言行是對他的回禮。

「我也認為這樣比較合適。」

林太郎極盡所能地以親切的態度和笑臉回應，女子一樣面無表情，但很明確地微微向他點頭致意。

不久，周遭的亮光慢慢增強，悄悄地包覆書架、沙發，以及他們兩人。

在亮光中，女子紅潤的薄唇微動，像在喃喃低語些什麼，但聽不到她的聲音。

女子彷彿什麼事都沒發生過似的，轉身邁步離去。林太郎覺得她那無比灑脫的態度，極爲瀟灑自然，對此莫名感到佩服，就此目送她嬌小的背影離去。

謝謝你……

說來也眞不可思議，林太郎很確定女子在告別時是這麼說的，他任憑自己融入這片白光中。

不知過了多久。

猛然回神，林太郎發現自己正跪坐在看慣的夏木書店地板上。手中抱著的，是睡得正香甜的班長。

他維持這個姿勢緩緩望向店內深處，觸目所及，是一片冷冰冰的壁板。他將視線移往門口，發現明亮的戶外正飄著細雪。

柚木——他輕聲叫喚，沙夜馬上露出覺得刺眼的神情，就此睜開眼。

「夏木……？」

那熟悉的聲音，令林太郎放心地重重吁了口氣。

沙夜仰望著他，隔了一會兒才語帶顧忌地問：

「你沒事吧？」

「這句話應該我說才對。」
面對苦笑的林太郎，沙夜也回以嫣然一笑。
那是沙夜在晨練前慣有的迷人笑容。
沙夜順勢環視四周，她將視線移回林太郎臉上後，朝他點了點頭。
「看來，你平安帶我回來了。」
「因爲我跟妳約定好了。」
林太郎執起沙夜的手，站起身。
站起身後，林太郎與沙夜就在稱不上寬敞的夏木書店內迎面而立。從微微積雪的門外，隔著格子門射入柔和的陽光，背對陽光的沙夜，此時顯得比平時還要耀眼。
「像這種時候，是不是該說一句『歡迎回來』？」
面對林太郎這難爲情的詢問，沙夜微微搖了搖頭。
「錯。」
沙夜朝一臉困惑的林太郎微微一笑。
「要說耶誕節快樂。」
這句向來和林太郎無緣的話，傳入他耳中。

多美的一句話啊——他由衷地感嘆道。
因此，林太郎同樣也笑容滿面地將這句話重複說了一遍。

終　章

故事的結局

鐵線蓮是祖父喜歡的花。

他尤其喜歡別有情趣的深藏青色鐵線蓮，在初夏的豔陽下，凝望著大朵綻放的花瓣，瞇著眼睛一臉陶醉。林太郎憶起祖父這副模樣，感覺一切宛如不久前才剛發生的事。

冰冷的直線中，摻雜了柔和曲線的造型，比起 Clematis 這個鮮豔的稱呼，鐵線蓮更加適合它。

祖父雖然寡言少語，卻難得說過這件事，並以鐵線蓮裝飾在「夏木書店」門口的小盆栽上。

我也能種嗎？

林太郎心裡這麼想，開始朝放任一段時間沒照顧的盆栽澆水，表示他的內心終於稍感寬裕了。

祖父過世至今已三個月。

季節變換，景致也稍有改變。

屋簷下的冰雪融解，梅花綻放，櫻花開苞吐蕊。

在這理所當然的時光流逝中，林太郎一樣早上六點打開書店的格子門，讓這家小店空氣流通。他拿起掃帚打掃石階，朝還只有新葉的盆栽灑水，以撢子清理室內。

當店內的打掃工作即將完成時——

「很認真嘛。」

發出這聲開朗招呼聲，就此走進店內的，是手持黑色樂器盒的柚木。林太郎直到最近才得知裡頭裝的是低音單簧管。林太郎並不知道這種樂器，在吹奏樂社這個大社團裡，只有柚木一個人負責這項樂器，算是相當重要的角色。

「你每天都很認真打掃呢。」

她如此說道，動作輕盈地朝擺在店內中央的小圓椅坐下。

「也沒必要每天都毫不間斷地打掃吧？」

「沒關係的。」

林太郎笑著一一擦拭書架上的每一本書。

「我和妳不同，我不需要晨練。像這樣認真打掃，還能遇上有趣的書，所以我很樂在其中。」

「幾乎快要到變態的程度了。」柚木還是老樣子，說起話來肆無忌憚，而且很爽朗。

「不過話說回來，這次這本書未免也太深了吧？」

沙夜如此說道，從側肩包裡取出一本厚厚的單行本。

「看不太懂。」

林太郎面露苦笑。

這是他幾天前介紹的賈西亞·馬奎斯的《百年孤寂》。

一開始介紹奧斯汀，之後林太郎陸續介紹了斯湯達爾、紀德、福樓拜等人的作品，因為他考量到，如果是愛情小說應該比較容易閱讀，而沙夜大致看過後，主動說她想看看其他類型的書。這是上星期的事。

林太郎挑選的是馬奎斯的作品。

「夏木，你真的全都看過？」

「看過啊。不過已經是很久以前的事了。」

「你果然很不簡單。我完全看不懂呢，太深奧了。」

「太好了。」

林太郎用撣子清理書架，莞爾一笑，沙夜朝他露出納悶之色。

「太好了？」

「既然妳看了之後會覺得深奧難懂，就表示對妳來說，它寫的是妳陌生的全新內容，所以才覺得它難懂。現在遇上深奧難懂的書，這正是個好機會。」

「什麼啊？」

沙夜完全傻眼。

「易懂好讀，表示上頭所寫的內容是妳所了解的，所以才容易閱讀。會覺得它深奧難懂，就證明它寫的是全新的內容。」

沙夜以宛如在看什麼稀有動物般的眼神，凝望面帶微笑的林太郎。

「夏木，你果然是個變態。」

「講得眞難聽。」

「不過這樣也不壞。」

沙夜抬起右手擺在眉前，望著林太郎。

「感覺還挺帥氣的。」

原本在擦拭桌子的林太郎，就此停下手中的動作。

他朝沙夜瞄了一眼，發現側著頭朝他窺望的沙夜，露出笑咪咪的神情。

「你耳朵都紅了。」

「至少我很純真啊。不像某人。」

「說什麼純真。像《蘿莉塔》、《包法利夫人》這樣的情色小說，你明明就看了不少。還是說，你外表正經八百，其實骨子裡是個色鬼？」

「我如果是這種態度，就不會賣書了。」

騙人——沙夜以開朗的聲音應道，從椅子上站起。她並非就此走向門口，而是以輕盈的腳步走向店內。

她來到盡頭處的壁板前，伸手抵在牆上。

「果然到這裡就沒路了。」

「如果不是，那可就傷腦筋了。」

「雖然傷腦筋，但也有點寂寞呢。好像那完全是一場夢似的。」

林太郎有時甚至會心想，那會不會真的是一場夢呢？

就算這全都是一場夢好了，但唯獨一件事，林太郎永遠清楚明白。

自己並不孤獨。

『我不搬家了，我想自己一個人生活。』

耶誕夜當天，就在搬家業者的卡車抵達前一個小時，林太郎說出這番話來。對於林太郎這荒唐的舉動，姑姑並未顯得多驚訝，令人意外。

姑姑盤起她肥胖的雙臂，靜靜回望雙眼直視她的姪兒。

這場微妙的沉默似乎持續了很久，但也可能只有很短的時間。只見姑姑緩緩開口道：

「小林，果然發生了些什麼事對吧。」

對林太郎來說，這是他完全沒料到的提問。見少年一臉困惑，姑姑紅潤的臉頰泛起苦笑。

「算了。畢竟你也還沒跟我這位胖姑姑好好聊過，要你把所有祕密都告訴我，是不可能的。」

當然了，就林太郎的立場來說，不可能將他和虎斑貓展開的奇妙冒險告訴姑姑。而最重要的是，在那起不可思議的事件中，自己究竟有什麼改變，他也不太清楚。

但不管怎樣都好，他只希望能靠自己向前邁出那一步。

現在的林太郎清楚了解到，「沒有選擇」這句話，非但是自我以為，而且還是一種藉口。只要自己想選擇，道路就會往四面八方擴展。問題就只有你是要自己做選擇，還是要任憑擺布。

『連妳都不相信自己，這樣怎麼行呢？』

在那座迷宮深處，林太郎曾向對手說過這句話。說出此言的同時，那也化爲對自己的斥喝聲。語言化爲力量，林太郎也決定自己要向前跨步。

面對閉口不語的林太郎，姑姑旋即以柔和的口吻問道：

「你不是在逞強吧？」

「逞強？」

「沒錯。不是因爲不想和姑姑這樣的陌生人一起同住，所以才說出這種臨時想到的藉口吧？」

「不是。」

「眞的？」

「我保證。」

林太郎簡潔有力地應道。

姑姑仍舊雙臂盤胸，接著她重重點了點頭，對林太郎說：

「那麼，你如果接受我提出的三項條件，我可以考慮。」

「三項條件？」

「沒錯，第一項是要乖乖上學。」

嚇——林太郎不禁在胸中暗自嘀咕。看來，姑姑一直都很清楚他沒去上學的事。

「第二項，一個禮拜有三天要打電話給我。這是爲了確認你的平安。至於第三項……」

姑姑渾圓的手臂往腰間一叉，趨身向前。

「有困難時別逞強，要好好找我商量。高中生自己一個人生活，可沒那麼簡單。」

姑姑這些細心的設想，林太郎一時間無法回答。

她眞是個溫柔的人——林太郎重新有此體認。在她的直率話語中，充滿對這位傻姪兒的體貼。

她當時如果也在夏木書店，肯定也能看到那隻奇妙的虎斑貓以及那不可思議的書本迴廊。

「不過，一個禮拜有三天要打電話，這項或許有困難。」

「哦，在搬家當天，而且是在預定時間的一個小時前打電話向搬家公司取消，你覺得何者比較困難？如果可以的話，我還想跟你交換呢。」

姑姑不止爲人溫柔，腦筋也很好。

林太郎沒有反駁的餘地。

那就這麼說定了——林太郎鞠了一躬，如此說道，耳畔傳來姑姑夾雜苦笑的低語聲。

「林太郎，我總覺得你很像爺爺呢。」

不知爲何，這句話聽在林太郎耳中，覺得是最好的誇獎。

「遇上深奧難懂的書，正是個好機會是嗎？」

沙夜望著《百年孤寂》，如此喃喃自語。

「附帶一提，馬奎斯是秋葉學長喜歡的作家之一。這裡每一本馬奎斯的書，他應該都看過了吧。」

「聽你這麼說，我反而會沒力氣看下去。」

算了——沙夜將那本書收進包包裡，朝林太郎瞪了一眼。

「不過，要是看了之後覺得很無趣，我會生氣喔。」

「那妳就找錯對象了。要怪作者馬奎斯，不是我。」

不論是姑姑還是柚木，最近女性個個都很聰明，林太郎對此大感折服。

「啊，糟了！」沙夜霍然站起，因爲她發現晨練開始的時間就快到了。她急忙拿起擺在桌上的低音單簧管，往門口衝去。

「夏木，你也要乖乖上學喔。」

「我會的。因爲我答應過我姑姑了。」

林太郎送她離去，來到戶外，今天外頭是出奇晴朗的藍天。在明亮的晨光下，正好有輛黃色的宅急便摩托車駛過。

沙夜動作輕盈地躍下店門前石階，卻像突然想到什麼似的轉過頭來。

「下次一起吃個飯吧？」

對於沙夜這句輕鬆的提問，林太郎眼皮眨了兩下，接著很沒用地露出慌亂之色。

「要和我一起吃飯？」

「是啊。」

「爲什麼？」

「因爲你一直都沒開口邀我啊。」

在朝陽下，又一句爽朗的話語朝他拋來。

林太郎更加慌亂，說不出話來。對此，沙夜露出拿他沒轍的神情，外加苦笑。

「在書店裡聊書，我並不排斥，但偶爾到外面曬曬太陽也不錯。難道你想讓人在天國的爺爺繼續替你操心嗎？」

「要是和女生出去吃飯，爺爺才更擔心呢。」

如果是平時的林太郎，或許能一派輕鬆地這樣回答，但這時他腦中一片空白，想不出半句話來。

如果妳不嫌棄的話——林太郎最後擠出這句平凡無奇的回答，沙夜則是口齒清晰地回了一句「我會多多包容的」，接下來林太郎再也無言以對。

沙夜朝林太郎投以魅力十足的笑容，就此跑離這處巷弄。那輕快的腳步聲傳入耳中，林太郎不由自主地開口。

聽到「柚木」這聲叫喚，人在不遠處的那位同學納悶地轉過頭來。

「謝謝妳。」

林太郎的聲音出奇清楚地在寧靜的巷弄裡響起。

這突如其來的直球，似乎連沙夜也大為吃驚。

雖是不帶任何智慧和修飾的一句話，但林太郎自認已在當中注入率直無僞的情感。

林太郎現在才發現，對這位因爲擔心他而一再前來探望的朋友，他一直都沒好好跟她道聲謝呢。

他再次朝呆立原地的沙夜說道：

「眞的很謝謝妳。這一切都託妳的福。」

「幹嘛突然這麼說？很噁心耶。」

「想不到柚木妳也會臉紅呢。」

「我哪有！」

伴隨著這聲清楚的回答，沙夜一個轉身，就往巷弄的前方奔去。

春天的陽光無比耀眼，那一身制服的輕盈背影，宛如就此融入亮光中一般。

瞇著眼睛目送她離去的林太郎，耳畔突然傳來一個低沉的聲音。

「要好好加油喔，第二代當家。」

他大吃一驚，環視四周，但寧靜的巷弄裡當然空無一人。驀地，他彷彿看到虎斑貓翻越對面圍牆的背影，但並不確定。正當他感到驚奇時，眼前又恢復爲平凡無奇，早已看慣的日常景致。

林太郎一動也不動地在原地佇立良久，接著暗自苦笑。

「我會用我的方式去試試看的。」

他心裡清楚地回答後，抬頭仰望晴朗的藍天。

等店內打掃完畢後，就像平時一樣，泡一壺阿薩姆紅茶，看一會兒書。等時間到了，就關好店門，拎著書包上學去。就算到了學校，也盡是一些無趣的事，但一定要極力避免因為無故曠課而惹那位聰明的班長發飆。

問題堆積如山，一項也沒解決。儘管如此，腳踏實地，過自己所選的平凡生活，這是林太郎目前應盡的職責。

林太郎敞開格子門，回到店內，以熟練的動作取出桌上的茶具套組。以熱水壺煮沸開水，朝爺爺慣用的茶壺裡注入熱水。這段時間不時傳來熱鬧的歡笑聲，因為附近有一群小學生從外頭的巷弄奔跑而過。

感覺人愈來愈多，新的一天開始運作。

在滿室令人舒暢的茶香下，林太郎緩緩翻開書。

一陣清風徐來，大門的門鈴發出清脆的鈴聲。

後記

貓教會我的事

是什麼時候邂逅那隻貓呢？

現在已無法清楚的憶起，但似乎是在我七、八歲的少年時期。排斥上學，常窩在家中的那名少年，某天傍晚偶然從書架上拿出一本繪本，就此在書中邂逅那隻奇妙的貓。

牠是一隻毛色漂亮的虎斑貓。貓在故事裡一句話也沒說。就只是默默看著各式各樣的人從牠面前走過，最後流下眼淚。這是很有名的繪本，所以我不打算在此針對那部作品多做贅述。不過，這隻貓在少年心中留下深刻的印象，這是事實。從那之後，對原本就愛幻想的少年來說，那隻貓成了一位合適的說話對象。

在繪本中沉默不語的貓，在少年腦中卻是個性豁達，愛發表言論。貓以牠天生的毒舌和幽默，對這軟弱的少年揶揄、挖苦、訓斥。要是少年說洩氣話或是發牢騷，就馬上會被笑罵一句「你這個蠢蛋」。他們的每一句對話都充滿奇妙的立體感，由於他與貓的對話最後都化為自言自語，所以記得當時母親常顯得一臉困惑。

如今回想，當時或許真是個怪異的小學生，不過，這愛幻想的毛病隨著年歲增長，變得更上層樓。看的書也愈來愈多，除了貓之外，也開始與各式各樣的人物在腦中展開交談。羅曼・羅蘭所描寫的年輕音樂家、莫里斯・盧布朗創造出的怪盜、娥蘇拉・勒瑰恩（奇幻小說「地海」系列作者）筆下的偉大魔法師等，都是我的老朋友。

姑且不論這樣的成長經歷算不算健康，我一路累積了這些充實的時間，時至今日，書對我來說一樣有其特別的意義。

就像這本書中所提到的，我知道書本擁有「力量」。而那些超越時代、持續受人閱讀、人稱「傑作」的作品，更是具有一般的言語所無法表達的特殊力量。做爲知識和娛樂的樂趣，當然也算是讀書的樂趣之一，不過，讀書還會帶來這種物質面所無法涵蓋的神奇力量。

本書就是我對書的這種想法所創造出的作品。

雖然想法很單純，但這個故事反映出我的個性，變得有點彆扭。因此，我想借這個版面稍加解說。

當然了，作者事後才對已經出版的書寫解說，這種行爲免不了引來畫蛇添足的批評，但唯獨本書，我認爲這是最適當的做法。若不是由我親自寫本書的解說，就會請別人寫。姑且不論暖心的「神的病歷簿」系列，由壞心眼、戲謔、嘲諷點綴而成的這本書的解說，像是個燙手山芋，要是硬塞給別人寫，對方想必會傷透腦筋。

給人添麻煩非我所願，爲了將「非我所願」轉爲「心甘情願」，我決定親自執筆寫稿。

感覺好像從一開頭就一直在繞圈子，不過，唯獨有件事我很確定，可以向讀者們保證。

我將重要的事全寫在這故事裡了。

什麼是重要的事呢？我想連同當初促成我寫這本書的想法一起寫下。

人心變得浮躁不安。

我應該是在當了十年的醫生後，開始感受到這點。與以前相比，來看診的病患當中，表情凶惡的人感覺變多了。

打從一開始就對醫生或醫院強烈展現出不信任感的人日漸增多，也時常遇見會突然展現出攻　性言行的人。

有人一走進診間便冒出一句「你當了幾年醫生？」或「你有專業醫師的資格嗎？」以和初次見面的成人展開的對話來看，這種用語已逾越禮貌應有的範圍，但現在這種情形早已屢見不鮮。當然了，這樣的人始終都只是少數，但與二十年前我剛當醫生的時候相比，氣氛明顯變得不同。而另一方面，醫療人員在面對這類的情況時，也沒能採取有彈性的因應之道。手術同意書堆得像山一樣高；被難以理解的醫療方針綁手綁腳；對病患的同理心和了解病患心理採半放棄態度，像這樣的年輕醫師也時有所見。

常會聽到「醫療不信任」一詞。我感嘆這可能同樣也是這個時代下的潮流，不經意的望向醫院外，這才發現這股不平靜的氣氛，並非只有醫院內才有。在醫療現場外面，似乎也瀰漫著不平靜的氣氛。

電視的另一頭，擁有重大影響力的政治人物、學者、知識分子，若無其事的出言攻擊別人、輕視理想、嘲笑良知、汲汲追求自己卑微的主張，完全不肯傾聽他人的意見。報紙上滿滿都是斷章取義、扭曲原意、被過度包裝的資訊片段，一味的煽動人心的不安。而接受這一切的社會也一樣，很隨便地對事物判定黑白，急著給答案，被出處不明的可疑知識耍得團團轉，也不停下來好好思考，便大呼小叫，這樣的人可真不少。

猛然回神，發現到處都形成不安與不信任的漩渦，感覺溫柔和體貼正不斷從人們心中流失。

當然了，我只是一介內科醫生，既不是社會學者，也不是政治學者。不具有特別廣闊的視野，平日生活大多是在老舊的小醫院裡度過。因此，我這些感觸或許只是一位鄉下的執班醫生因過勞和睡眠不足所產生的胡思亂想，真正的世界其實是充滿愛、祥和、慈悲，一切圓滿。但映入我眼中的世界卻充滿了殺伐之氣。

為什麼會滿是殺伐之氣？

當我獨自默默思考這個問題時，不知不覺便開始寫起了這個故事。

我從書本中學到許多重要的事。

溫柔是什麼？

價值是什麼？

正義是如何存在？

生存是怎樣的一種形式？

或許上面的問題都會被一笑置之，認為是無聊的提問。

也可能有人看了覺得傻眼，認為這種事能派上什麼用場？

的確，不管再怎麼深入細究這些事，也對出人頭地沒有幫助，也不會幫助你提高薪資。既不會改善執班醫生的工作環境，病患的高血壓也不會因此痊癒。但這確實是重要的問題。因為這與人們的本性息息相關，為了人與人能互相理解，這是非面對不可的問題。

現今這個時代，當真是瞬息萬變。

轉變過於急遽，十年前的常識已不管用，這就是現代。我剛進醫學院時，呼叫醫生都是用BB. Call，電視用的是映像管，新幹線別說到金澤了，就連長野也還沒開通。

這樣的急速變化，在便利性方面會陸續在日常生活上引發革命，但同時也造成許多事物就此喪失。因爲戲劇性的變化，也就代表了基準的崩毀。

數年前的常識，現今成了不合常識，在這種環境下，什麼正確，什麼不正確，要明確的回答並不容易。更何況時代在自由與有特色的呼籲下，最後只有多樣化會受到讚賞，有時異類、標新立異才是突出，可以看出這樣的風潮。

這種變化當然也有它的優點，但如果只有多樣性受到讚揚，人們要相互了解不就會變得更困難嗎？大家如果都標榜「各自的正義」與「各自的價值」，採取這種生活態度，則人們將無法了解彼此，互相信賴。無數的正義與價值的紛亂，肯定會造就出一個充斥焦躁、敵意、衝突的世界。衝突一再發生，人們最後將提不起幹勁，或許會就此放棄了解彼此。

我這樣說或許聽了會覺得有點跳躍，不過，看到打從一開始就明顯表現出不信任感的病患，以及快要放棄對他人抱持同理心的醫療人員，我覺得這不過只是這種冷漠景象的冰山一角罷了。

這樣的時代需要什麼？當我問自己這個問題時，我心中亮起微光，那就是「書」。

在滿是激烈變化和無限多樣性的時代下，仍有許多人稱名作的作品，跨越時空，亙久不變的傳承下來。

常識與生活背景都與現今迥異，在遙遠的過去創作的作品，現在仍有人閱讀，這是爲什麼？因爲不管時代再怎麼變化，書本中仍寫有不變的事物、不能改變的事物。上面記載了與人們的本性息息相關的重要事物。

夏目漱石是距今約一百年前的作家。

是沒有手機、沒有網路、沒有大腸瘜肉切除術的明治時代的人物。

這位作家生活在幾乎跟異世界一樣的過去，但人們之所以至今仍閱讀他的作品，是因爲書中寫著跨越百年向我們訴說的眞實。

「不論是拿破崙，還是亞歷山大，沒有人會在贏過之後就心滿意足。」

《我是貓》中的登場人物說過這麼一句話。在激烈的競爭社會下，弱者理所當然會被剔除的現今這個時代，這句話有它獨特的力量。

並非只有漱石。

「這世上無法靠理性來決定的事，像山一樣多」，這是山繆・詹森說的話；而留下「除行動外，別無現實」這句名言的，是沙特。

如果要我直說，不怕引來誤會的話，這些傑作所寫的內容，都不是特殊的正義主張，或是標新立異的價值提案。是儘管在不同的時代，依舊能撼動人心的一種普遍性。

伊凡對阿萊莎說的上帝的故事（出自《卡拉馬助夫兄弟們》）、史威夫特（《格列弗遊記》作者。）留給世人天空之城拉普達的諷刺故事、查拉圖斯特拉嘔血般的獨白，都再再告訴受變化翻弄的我們，什麼是不變的事、不可改變的事。當人們雙腳牢牢的站在那不變的人性大地上，才能踩穩這塊大地，走向彼此。也就能對他人有同理心，能表現出你的理解。

當然，跨越時代的作品不易閱讀。

描寫的時代背景差異愈大，解讀起來就愈辛苦。因此，在平時就已經被時間追著跑的現代社會下，刻意拿起這些難懂的昔日傑作的讀者人數正逐漸減少。但只看容易閱讀的書，能拓展的眼界有限。並非看了很多容易閱讀的書，日後自然就能閱讀傑作。就像高尾山或六甲山不管爬再多遍，也還是無法登上槍岳欣賞絕美景致。當然了，這並不是說高尾山沒有魅力，六甲對大阪出生的我來說，也是充滿親切感的一座山。但有些景色，如果你沒登上槍岳的山頂，就絕對看不到。如同我前面所說，這種絕美景致，是接觸人類本性的真實，以及跨越時代的普遍性。

流行的暢銷書也不錯。承蒙各位閱讀《神的病歷簿》，感激不盡。不過，希望各位有時也能拿起托爾斯泰、卡謬、遠藤周作、歌德、但丁、漱石的書來閱讀。尤其是年輕世代的人們，由衷希望你們能將決心、忍耐、努力塞進背包裡，挑戰讀書這座三千公尺高峰。

我已事先在這本書中嵌入多部世界名作的書名。每一本都是令我受益良多的作品。光是具體的書名，就多達九個國家、二十多部作品。

雖然沒寫出明確的書名，但連在一些看似平凡的景色和對話中，也融入了我對許多作家和作品的致敬或模仿。

關於虎斑貓的出身，在開頭已簡單地提及。這位少年主角的名字，不用說也知道，是來自日本的兩大文豪。主角的祖父不是像我一樣喜愛咖啡，而是喜愛紅茶，這個安排有它的含意；而夏木書店的書架上，在伏爾泰旁邊擺著《詹森傳》，這也不是偶然。眼尖的讀者只要看一眼本書的目錄，或許就會聯想到某部傑作小說。這種博學的讀者，只要看到開頭的第一句，肯定馬上就會確定自己的直覺沒錯。

就像這樣，這本書中到處都暗藏了能讓愛書人士樂在其中的機關。不過，就算沒發現這些機關，當然也不會有問題。反倒是把注意力擺在這上頭，會無法好好享受這個故事。不論是身經百戰的愛書人士，或者只是路過時拿起本書的路人，都只要輕鬆地投入少年與貓的冒險中就行了。

不過，看完本書後，要是有幾位讀者以此爲契機，肯拿起這些略微難懂的名作，我的策略就算成功了。

雖然這篇解說寫得很零亂，但也來到該做總結的字數了。

最後，我想寫篇謝辭做收尾。

第一，雖然有點突兀，但我想向跟我在同一家醫院裡工作的外科K醫師表達謝意。K醫師是年紀剛好大我一輪的資深外科醫師。我們在醫務室的桌位剛好相鄰，幾乎每天從病例到閒聊，無話不談。前些日子有實習醫師說「手術的是非對錯，不是由會議決定，而是由他們兩人的閒聊來決定」，不過，我們談論的話題大多不是手術的是非對錯，而是道德、倫理、信賴、良心這類的事。五十多歲的外科醫師與四十多歲的內科醫師，一本正經地討論「人性的善良」，這幕景象或許很怪異，但對我來說，卻是無比珍貴的時間。而在撰寫本書時，也帶給我很多啓迪。現在我雖然一樣會發牢騷、會出言嘲諷，但依舊還是堅守醫療最前線，最主要原因就是受到K醫師的薰陶。

第二，爲我設計本書封面的宮崎 HIKARI 小姐（編註：在此是指日文版封面），我想由衷向她道謝。我第一次看到封面裝幀時所受到的震撼，至今依舊記憶鮮明。這個不太一樣的奇妙故事，之所以能穩健地再版，送到許多人手中，享有這份光榮，背後有個很重要的部分，無疑就是這充滿魅力的封面裝幀。

第三，我想向台灣愛米粒出版有限公司的莊靜君總編輯表達感謝之意。她早在出版初期，就滿懷熱忱地支持本書，並全力向世界各地的出版社宣傳本書。這個小故事之所以能翻譯成英語、法語、德語、俄語等全球三十五個國家以上的語言，全拜她的特別支持所賜，我要特別在此提及。

最後，我想向出版本書的編輯幾野先生（編註：在此是指日文版）致謝。本書原本應該是無緣問世。而注意到那即將枯萎的花蕾，充滿耐心地向它灌溉，不知不覺讓它綻放出小花的，正是這位從《神的病歷簿》開始便一直成為我盟友的能幹編輯。

照理來說，原本在謝辭的最後，應該要寫一句感謝妻子的話，以此做結尾，但是對家人的感謝，應該要在家中看著對方直接說，而不是刻意寫成文字向人炫耀，所以在此省略。

不管怎樣，本書能送交到讀者手中，實乃眾多的偶然、助力，以及幸運所促成。

本書會因讀者的年齡、經驗、身分、環境，而大幅改變它給人的印象。

它究竟算是奇幻小說、輕小說、諷刺小說、社會派小說，還是青春小說呢？其實要怎麼看都行。不過，在這瞬息萬變、令人眼花繚亂的世界裡，它若能成為讓人暫時停下腳步來思考的開端，將會是我最大的欣慰。

柏拉圖在名著《克力同篇》中曾留下一句蘇格拉底說過的話：

「要過的不是泛泛人生，而是美好人生，如此才有價值。」

我覺得這是很美的一句話。

同時也是暗藏了深切提問的一句話。

面對如此深切的提問，書本不會給我們「答案」。

但書本一定會爲你指引用來找出答案的「路標」。

愛讀本 **012**

守護書的貓

本を守ろうとする猫の話

作者：夏川草介｜譯者：高詹燦｜出版者：愛米粒出版有限公司｜地址：台北市10445中山北路二段26巷2號2樓｜編輯部專線：（02）25622159｜傳真：（02）25818761｜【如果您對本書或本出版公司有任何意見，歡迎來電】｜發行人：陳銘民｜責任編輯：許嘉諾｜行銷企劃：史黛西｜美術設計：王瓊瑤｜印刷：上好印刷股份有限公司｜電話：（04）23150280｜初版一刷：二〇一八年四月一日｜二版：二〇二三年六月十日｜二版二刷：二〇二三年十月一日｜定價：390元｜總經銷：知己圖書股份有限公司｜郵政劃撥：15060393｜（台北公司）台北市106辛亥路一段30號9樓｜電話：（02）23672044／23672047｜傳眞：（02）23635741｜（台中公司）台中市407工業30路1號｜電話：（04）23595819｜傳眞：（04）23595493｜法律顧問：陳思成｜國際書碼：978-626-97095-6-4｜CIP：861.57/112007463｜HON O MAMOROUTOSURU NEKO NO HANASHI by Sosuke NATSUKAWA

愛米粒出版有限公司
Emily Publishing Company, Ltd.

因為閱讀，我們放膽作夢，恣意飛翔。
在看書成了非必要奢侈品，文學小說式微的年代，愛米粒堅持出版好看的故事，讓世界多一點想像力，多一點希望。